KB078287

Miracle Direction
기적의 연출

기적의 연출 1

서산화 장편소설

초판 1쇄 찍은 날 § 2016년 10월 19일
초판 1쇄 펴낸 날 § 2016년 10월 26일

지은이 § 서산화
펴낸이 § 서경석

편집책임 § 조현우

펴낸곳 § 도서출판 청어람
등록번호 § 제387-1999-000006호
등록일자 § 1999. 5. 31
어람번호 § 제1-2540호

주소 § 경기도 부천시 원미구 부일로 483번길 40 서경B/D 3F (우) 14640
전화 § 032-656-4452 팩스 § 032-656-4453
http://www.chungeoram.com
E-mail § chungeorambook@daum.net

ⓒ 서산화, 2016

ISBN 979-11-04-90994-8 04810
ISBN 979-11-04-90993-1 (세트)

Miracle Direction

기적의 연출

1

서산화 장편소설

FUSION FANTASTIC STORY

청어람
도서출판

Contents

Chapter 1
섬광 기억

섬광 기억 [Flashbulb memory]

　매우 놀랍고 중대한 소식을 들었을 때의 순간이나 환경에 대해 포착된 사진(Snapshot)과 같이 자세하고 생생하게 기억하는 것.

　―속보입니다. 오늘 밤 열 시경 강원도 한계령 중턱을 지나던 신명일, 김희수 씨 부부와 아들 신지호 군이 탄 차량이 전복되는 사고가 발생했습니다. 이 사고로 신명일, 김희수 씨가 그 자리에서 숨졌으며 아들 신지호 군은 황급히 병원으로 옮겨졌습니다……

　늦은 오후부터 나오기 시작한 속보는 TV와 인터넷을 통해 질리도록 반복됐다. 한 가족에게 느닷없이 불어닥친 비극은 전

국을 떠들썩하게 만들고 있었다. 사고의 사망자가 한국의 대문호로 이름을 날리던 작가 신명일과 아름다운 미모로 손꼽히던 여배우 김희수였기 때문이다.

최초로 소식을 접한 서재현은 수전증이라도 걸린 사람처럼 떨리는 손으로 자가용 핸들을 잡았다. 그는 병원으로 차를 모는 중에도 절친했던 신명일, 김희수 부부의 죽음에 대한 책임을 느끼고 있었다. 사고가 발생하기 전, 두 사람이 자신을 만나러 오는 것을 말리지 않았기 때문이다. 먼저 영안실에 들려 시신을 확인한 서재현은 입을 틀어막고 오열했다.

"…미안하네."

끝내 뱉은 말은 무용지물에 불과한 한마디였다. 한편 벽에 기대어 그 모습을 지켜보던 경찰관이 입을 열었다.

"아들이 이제 열 살이라더군요."

서재현이 충혈된 눈으로 돌아보자, 그는 목에 걸고 있는 신분증을 보여주며 자신을 소개했다.

"아, 소개가 늦었습니다. 저는 영양경찰서 교통계 반장 오영수라고 합니다. 서재현 선생님 맞으시죠?"

"예, 그렇습니다만……."

"고인들과 마지막으로 통화를 하셨더군요. 여기, 사고 차량 내부에서 발견된 유품입니다."

핏자국이 선명하게 묻어 있는 서류 봉투 표면에 '서재현 감독에게'라는 메시지가 적혀 있었다.

"영화 대본 같더군요."

서재현은 오영수의 말을 한 귀로 흘렸다. 그는 자신에게 남긴 서류 봉투 속의 내용물을 꺼내다 그만 손에서 놓쳤다. 동시에 가슴속이 진탕되고 뜨거운 눈물이 흘러내렸다.

'왜 그렇게 가버렸나, 이 사람아.'

곁에서 지켜보던 오영수는 어두운 표정으로 바닥에 떨어진 유품을 주섬주섬 주우며 사무적인 말투로 당시의 상황을 설명했다.

"응급실에 입원한 아들 이름이 지호라고 했던가요? 사고 당시 어머니인 김희수 씨가 몸을 던져 그 녀석을 품에 안았습니다. 그 덕분에 큰 부상 없이 목숨을 구할 수 있었어요. 녀석도 고인들이 자신을 얼마나 사랑했는지 알아야 할 테니… 깨어나면 꼭 전해주십시오."

오영수가 수습한 종이들을 건네자, 간신히 정신을 붙잡은 서재현이 대답했다.

"희수라면 분명 그랬을 겁니다. 반장님 말씀처럼 지호도 꼭 알아야 할 일이지요."

"네, 그럼 전해주시리라 믿고 먼저 들어가 보겠습니다. 궁금한 부분이 생기면 언제든 연락 주십시오."

오영수는 명함을 넘기고 영안실의 문고리를 잡았다. 이어서 철문을 밀고 나가려던 그가 막 생각난 듯 덧붙였다.

"아! 그리고 아직 조사 중 입니다만, 아이는 퇴원하는 대로 친척들에게 인계될 예정입니다."

그러나 서재현은 고개를 저었다.

"지호는 친척이 없습니다. 고인이 된 두 사람 모두 외동이고, 지호의 양측 조부모님도 녀석이 태어나기 전에 돌아가셨습니다. 제가 중매를 섰기 때문에 잘 압니다."

"허, 그럼 생존자는……."

"가족들과 상의해 봐야겠지만 아마도 제가 보살피게 될 것 같습니다."

"고인들과 아무리 친한 사이였다 해도 쉬운 결정은 아닐 텐데요."

서재현은 그 말에 동의했지만 이미 마음속으로 확고한 다짐을 한 상태였다.

"제게 아이를 부탁하려고 달려오다 사고가 났습니다. 제가 같은 사고가 났더라도 가족을 보살펴 줬을 친구들입니다."

더 이상 어떤 부연도 필요치 않았다. 비극의 현장이지만, 또 새로운 희망이 꽃피우고 있었다. 이런 상황은 여러 번 겪어도 도무지 익숙해지지 않았다. 오영수조차 순간적으로 목이 메었다.

"에헴, 전 이만 가보겠습니다."

뒤에 남겨진 서재현도 머지않아 응급실로 발걸음을 옮겼다. 복도를 걷는 동안 그는 아내에게 전화를 걸었다. 귓가를 간질이는 벨소리가 반복될 때마다 얼굴의 그늘이 짙어졌다.

'이 소식을 어떻게 전해야 하나……'

새로운 가족이 생기는 일을 고민 없이 전할 수 있는 사람은 많지 않을 것이다. 서재현이 할 말을 떠올리며 복도 끝 응급실에 도착했을 때쯤 아내가 전화를 받았다. 하지만 그는 대화를 나눌 수 없었다. 지호가 발작을 일으키며 눈앞을 지나가고 있던 것이다.

"이게 무슨……!"

순간 심장이 멎을 정도로 놀란 서재현은 수화기를 바닥에 떨어뜨리고 말았다. 의료진이 침대째로 지호를 옮기고 있었다. 그들이 외치는 소리가 웅성이는 것처럼 귓가에 박혔다.

"소생실로 옮겨서 모니터 달고, 활력징후 체크하고, R L 팔라인 달아주세요! 그다음 지켜봅시다."

지호는 한쪽 방으로 옮겨져 응급조치를 받았다. 그 결과 다행히 체온, 호흡, 맥박, 혈압 등이 점차 안정됐다. 가슴 졸이며 지켜보던 의료진 역시 안도의 한숨을 쉬었다.

서재현은 침대에 누워 있는 지호를 응시했다. 방금 전까지도 병원 침대에서 발작하며 위기를 넘나들었던 지호는 텅 빈 동공으로 천장을 바라보고 있었다.

그 순간 지호가 입을 열었다.

"삼촌. 엄마, 아빠는요?"

서재현은 말문이 탁 막혔다. 그 역시 절친했던 이들의 죽음을 인정하고 싶지 않았던 것이다. 특히 어린 지호를 보면 더 그랬다. 열 살짜리 아이에게 부모의 죽음은 하늘이 무너지는 충격일 터.

'어떻게 말해야 할까?'

심지어 의료진도 고개를 돌리며 대답을 회피하고 있었다. 결국 소식을 전해줄 이는 서재현뿐이었다. 그는 목청을 가다듬고 무척 조심스럽게 다가가서 말했다.

"지호야. 엄마, 아빠가… 하늘로 잠시 쉬러 가셨단다."

"삼촌. 그럼 언제 오시는데요?"

"글쎄, 아빠가 삼촌한테도 얘길 안 해주고 갔구나."

"……."

지호는 펑펑 울며 현실을 받아들이지 못했다.

"그럴 리가 없어요. 분명히 방금 전에 만났단 말이에요."

"…그래."

서재현은 작고 따뜻한 체구를 품에 안고 머리를 쓰다듬었다. 그는 더 이상 아무 말도 할 수 없었다.

＊　　　　＊　　　　＊

의식을 되찾은 지호는 MRI를 통해 몸에 아무런 이상이 없다는 것을 확인하고 일주일 더 안정을 취했다. 그는 퇴원 판정을 받은 이후 서재현의 손에 맡겨졌다.

두 사람은 사고가 일어났던 당시 살고 있던 강원도의 한계령 별장 대신 경기도 파주시에 위치한 헤이리 마을의 본가로 향했다.

지호는 뒷좌석 창문을 열고 위태롭게 얼굴을 내밀었다. 그 모습을 백미러로 훔쳐보던 서재현이 주의를 줬다.

"위험하니 안으로 들어와라."

지호는 고분고분 말을 들으며 차 안으로 들어왔다. 그러나 미련을 버리지 못하고 시선만은 여전히 창밖 도로변에 머물러 있었다.

그 순간 머릿속에 섬광(閃光)이 번쩍였다. 눈에 보이는 풍경과 한계령 사고 순간 보았던 풍경이 겹쳐졌다.

"흡!"

숨이 탁 막힌 지호가 시트 위로 쓰러졌다. 백미러 밖으로 사라지는 그를 포착한 서재현이 화들짝 놀라 대로변에 차를 세웠다.

"지호야! 괜찮으냐?"

지호는 얼굴이 새하얗게 질려 식은땀을 쏟으며, 앞섶을 지푸라기처럼 느슨하게 쥐고 있었다. 잠시 찾아왔던 호흡곤란은 다행히 바람처럼 사라진 후였다.

한편 서재현은 그 모습만 봐도 방금 무슨 일이 있었는지 짐작할 수 있었다. 그는 십 년 감수한 표정으로 재차 물었다.

"괜찮은 것 맞아?"

"…네."

천천히 호흡을 고른 지호가 자신이 보았던 것에 대해 말했다.

"사고 났을 때 기억이… 사진처럼 보였어요."

서재현도 지호 머릿속까지 들여다 볼 재간은 없었다. 그는 의미를 정확히 받아들이지 못하고 대답했다.

"큰 충격을 받아서 생긴 후유증 같구나. 안정적인 환경에서 지내다 보면 금방 괜찮아질 게다."

지호는 떨리는 눈동자로 조심스레 창밖을 보았다. 아무리 생각해도 단순한 사고 후유증으로 치부하기에는 지나쳤다. 사고 순간 보았던 모든 장면들이 사진을 찍어둔 듯 점 하나까지 선명한 이미지로 남아 있는 것이다. 그러나 이 같은 현상을 설명할 말이 도무지 떠오르지 않았다.

'답답해. 아무도 내 말을 믿어주지 않을 거야.'

그런 생각을 하자 덜컥 겁이 난 지호는 보기 흉한 상처를 감추듯이 움츠러들었다.

*   *   *

신명일, 김희수 부부의 장례를 마친 서재현은 절친했던 그들의 유골을 집 뒤편 언덕에 수목장(樹木葬) 방식으로 묻었다.

중학교 3학년이 된 지호는 새로운 울타리 안에서 활력을 되찾아가고 있었다. 오늘도 그는 마당의 아름드리나무 위에 올라가 마을의 풍경을 눈에 담았다.

"형아! 엄마가 나무 위에서 놀면 위험하대!"

다섯 살 터울의 남동생 서수열은 내리쬐는 햇볕 때문에 오만상을 찌푸린 채 눈썹 위로 손을 갖다 대며 외쳤다.

반면 지호는 들은 체 만 체하며 한쪽 눈을 감고 손가락으로 네모를 만들었다. 그러자 네모 안으로 처음 보는 사람들이 여럿 들어왔다.

"저 사람들은 누구지?"

몇 없는 마을 사람은 아니었다. 그렇다고 일반 관광객 같지도 않았다. 관광객이라기에는 젊은 남녀의 미모가 비범했다. 두 사람은 가만히 서 있어도 그림이었다.

"영화배우 같이 근사한데?"

씨익 웃은 지호가 정신을 집중하고 눈을 감았다가 뜨자, 동시에 눈앞에 새하얀 플래시가 터졌다.

번쩍!

남들은 의도적으로 섬광 기억을 남길 수 없지만 그는 자유자재로 발휘할 수 있었다. 그로 인해 방금 전 봤던 장면이 사진처럼 선명한 이미지로 머릿속에 각인되었다. 두 눈으로 촬영한 장면은 혼자 보기 아까운 아름다움을 품고 있었다.

'이렇게 멋진 광경을 나 혼자만 볼 순 없지.'

지호는 슬그머니 휴대폰을 꺼내 들었다. 눈으로 본 것을 고스란히 카메라에 옮겨 담기 위해서였다.

한편, 나무 아래서는 서재현이 현관문을 열고 나타났다. 그는 평소의 덤덤한 표정과 달리 찌푸린 인상으로 손님들을 맞이하고 있었다.

"내가 분명히 거절 의사를 표했는데, 그걸로 부족했나?"

"그러실 것 같아서 우리 주연배우들까지 대동해 왔습니다."

선두에 있던 중년의 남자가 선글라스를 벗으며 대답했다. 머리가 반쯤 벗겨진 그는 능글능글한 미소와 함께 덧붙였다.

"선배님이니까 직접 찾아온 거지, 다들 귀한 몸입니다. 그건 저도 마찬가지고요. 하하."

"여러 사람 들이기에는 집이 비좁으니 자네만 들어오게."

서재현이 먼저 집 안으로 들어가자 밖에 남겨진 중년 남자는 데려온 남녀 배우들을 보며 말했다.

"영 찬밥 신세로군. 주변 산책이나 하고 있어."

현관문이 닫히자, 남자의 뒷모습을 눈으로 쫓던 여배우가 주위를 경계하며 파우치에서 담배 한 대를 꺼내 물었다.

"저 영감탱이가 뭐 대단하다고 이 난리람?"

"말 함부로 했다가는 훅 가는 수가 있다."

남배우가 주의를 줬지만 여배우는 콧방귀를 뀌었다.

"오빠. 옛날에는 어땠을지 몰라도, 지금은 은퇴한 지 벌써 십 년이 다 돼가는 양반이에요. 업계 선배들 사이에서도 일할 때 괴팍하기로 유명하고요. 그런데 맞는 말 좀 한 거 가지고, 누가 뭐라고 해요?"

"일할 때 실력만큼은 최고잖아. 서 감독님 손에 탄생한 작품이며 배우들 모두 명작이나 명배우라는 수식어가 붙었다. 거만해 빠진 제작자가 예뻐 보이려고 노력하는 데는 다 그만한 이유가 있는 거야."

"그러든지 말든지 알아서들 하겠지. 한 대 줘요?"

그녀가 담배를 들이밀자 남배우는 고개를 저었다.

"끊었다."

그사이 지호는 일련의 모습들을 고스란히 사진으로 담고 있었다. 그러나 두 배우들은 이제야 셔터 소리를 들었다.

찰칵!

남배우의 고개가 바람처럼 돌아갔다.

'하도 시달려서 노이로제가 걸렸나 했는데, 착각이 아니었네?'

셔터 소리가 들려온 곳에는 나무에서 내려온 지호가 휴대폰을 들고 꼿꼿하게 서 있었다.

그를 보며 표정을 휴지조각처럼 구긴 여배우는 기가막히다는 듯 반응했다.

"방금 뭐죠? 나, 파파라치 당한 거예요?"

"함부로 행동하지 마. 서 감독님 아들인 것 같다."

일찌감치 그녀를 제지시킨 남배우가 허리를 숙이며 지호와 시선을 맞췄다. 그는 느닷없이 일어난 돌발 상황에도 침착하고 능숙하게 대처하며 물었다.

"고 녀석, 참 잘생겼다. 서 감독님 아들이니?"

지호는 대답 없이 눈을 반짝이며 두 사람을 계속 촬영했다. 셔터 소리가 연달아 울렸다.

"아니, 잠깐……."

찰칵!

"내 말 좀 들어……."

찰칵!

계속되는 촬영에 남배우는 별수 없이 지호에게 달려가 휴대폰을 빼앗으려 했다. 그 찰나, 지호가 먼저 휴대폰을 앞으로 쭉 내밀었다.

"이것 좀 보실래요?"

남배우는 자세가 무너지며 비틀거렸다.

'허락 없이 찍어댈 땐 언제고… 뭐야?'

우스꽝스러운 모습을 보인 그는 최대한 자연스럽게 자세를 고치며 물었다.

"알 만한 나이같은데 장난이 지나치구나. 몇 살이지?"

"저는 열한 살, 형은 열여섯 살이요!"

서수열이 끼어들며 천지난만하게 대답했고, 지호가 휴대폰을 내민 채 말했다.

"죄송해요. 사진 찍는 데 너무 집중하느라… 저 혼자 보기에는 너무 아까워서요."

어떻게 말하든 배우들 입장은 곤란했다.

두 사람이 제작사 대표와 서재현 감독을 찾아온 것 자체가 비공식적인 밀행인 데다 여배우는 담배까지 피우고 있었기 때문이다.

"휴, 아무리 그래도 그렇지, 마음대로 사진 막 찍으면 안 돼."

그때 여배우가 미간을 찌푸린 채 다가와서 나무랐다.

"무슨 얘길 그렇게 길게 해요?"

그녀는 지호가 내밀고 있던 휴대폰을 낚아챘다.

"그냥 빼앗아서 지우면 될 걸……."

순간 여배우가 말을 잇지 못했다. 그녀의 표정이 미묘하게 변했다. 그 모습을 보며 고개를 갸웃한 남배우가 물었다.

"표정이 왜 그래?"

여배우는 그 말이 들리지 않았다. 그녀는 담뱃불이 타들어 가는 것도 잊고 자신이 찍힌 사진들에 정신을 팔았다. 그리고 황홀한 표정을 지으며 혼잣말을 했다.

"이거 뭐야? 화보보다 잘 나왔잖아?"

"어디, 나도 좀 봐봐."

남배우는 어깨 너머로 휴대폰 앨범을 훔쳐본 뒤 동공이 확장됐다.

'이건……'

사진은 의도된 연출이 아니었다. 그래서인지 여느 화보에서 볼 수 없는 자연스러운 모습이 담겨 있었다. '잘생기고 예쁜 사진'은 아니었지만 특유의 매력이 물씬 풍기는 특별한 이미지 컷이었다. 소장하고 싶은 사진이랄까?

더불어 기술적인 면모도 뛰어났다. 자연광을 조명 삼아 촬영한 사진들은 난이도 높은 역광임에도 불구하고 피사체가 깨끗하게 나와 있었다. 두 배우의 피부 톤에 노출을 맞춘 후 정확한 구도에서 찍었기에 가능한 결과였다.

"막 찍은 것 같은데… 사진에서 감정이 보여. 방금 찍은 사진 모두 포토그래퍼가 찍은 것 같아."

"풍경 사진도 좀 봐요. 내셔널지오그래픽이 따로 없네?"

배우들은 어느새 지호가 촬영해 둔 사진에 완전히 홀렸다.

두 사람의 눈치를 살피던 동생 수열이 지호에게 속삭이듯 말했다.

"형아. 왠지 혼날 것 같긴 않은데?"

지호도 남모르게 안도했다. 서재현은 예의범절이나 교육에 있어 엄격했기 때문에 그 역시 나름대로 가슴을 졸였던 것이다.

그 순간, 한참 동안 사진에 빠져들어 있던 여배우가 고개를 들며 사악한 미소를 지었다. 사진이 욕심난 그녀는 담뱃불을 흙바닥에 눌러 꺼트리며 말했다.

"이 누나가 나름 잘나가는 배우거든? 허락도 없이 사진을 찍은 건 괘씸하지만 내 사진들을 돌려주면 서 감독님께 아무 말도 하지 않을게. 물론 네 핸드폰에선 사진들을 지워야겠지. 어때?"

어차피 그녀를 촬영한 사진이니 주인도 그녀였다. 하지만 여배우는 구태여 지호에게 허락을 구했다. 뜻밖에 자연스럽고 분위기 있는 사진을 건지게 돼 기분이 좋았던 것이다. 평소 파파라치를 대할 때와는 확연히 다른 모습이었다.

산들바람에도 좌지우지되는 갈대 같은 여심을 똑똑히 지켜보고 있던 남배우는 지호에게 휴대폰을 돌려주며 거들었다.

"형 생각에도 그게 좋겠다. 기왕이면 내 사진도 좀 보내주고."

"사진이 마음에 드세요?"

뜻밖의 질문에 남배우는 뜨끔했다.

"음, 마음에 들긴 하는데……."

"그럼 몇 장 더 촬영해 드리고 싶은데. 어때요?"

당돌하게 얘기한 지호가 반짝이는 눈동자로 두 배우를 번갈아보았다. 호기심 가득한 눈빛을 직격탄으로 맞은 두 배우는 서로를 보며 시선을 교환했다. 남배우는 당황한 기색을 보였지만, 여배우는 이미 홀라당 넘어간 표정이었다.

결국 나직이 한숨을 내쉰 남배우가 말했다.

"여기까지 와서 뭐하는 짓인지는 모르겠다만… 좋아. 원하는 포즈가 있으면 말해봐."

"아까처럼 서 있으면 돼요!"

자신의 제안이 통하자 신이 난 지호는 자연스럽게 주문하고 멀찍이 떨어지며 다시 구도를 잡았다. 그는 머릿속에 설계도라도 그려둔 사람처럼 단번에 촬영 지점을 확보한 뒤 미동도 하지 않았다. 그 모습을 지켜보던 남배우는 문득 이상한 점을 느꼈다.

'그러고 보니, 애들은 우릴 보고도 아무렇지 않은 표정이네.'

지호의 관심사는 오로지 사진뿐이었다. 심지어 수열도 두 배우에게 별 관심을 보이지 않고 있었다. 평소에는 상상할 수 없는 평화로움이었지만, 내심 서운한 마음도 들었다.

"여기 애들, 좀 이상하지 않아? 우리를 무슨 길가의 전봇대나 가로수처럼 대하네."

"서 감독님 밑에서 큰 애들이잖아요? 원로 배우들 보고 아저씨, 아줌마 하면서 컸을 텐데 신기할 게 뭐있겠어요."

두 사람이 대화를 나누는 동안에도 지호는 바쁘게 셔터를 눌러댔다. 몇 컷 더 촬영한 그는 두 배우에게 다가가서 사진을 보여줬다. 사진은 배우들 마음에 쏙 들었다. 남배우가 감탄을 숨기지 않고 물었다.

"이거야 원… 포토그래퍼가 꿈이니?"

"아뇨."

지호의 짧막한 대답을 들은 여배우는 사진에 이만큼 뛰어난 재능을 가진 아이의 꿈이 포토그래퍼가 아니라는 사실에 더 놀라서 눈을 동그랗게 뜨며 물었다.

"그럼 꿈이 뭔데?"

"영화감독이요."

꿈을 얘기한 지호가 확신에 찬 눈빛으로 해맑게 웃으며 덧붙였다.

"영화를 만드는 게 제 꿈이에요."

*　　　　*　　　　*

그 시각, 집 안에선 열띤 공방전이 벌어지고 있었다. 서재현에게 불청객 대접을 받은 중년의 남자가 날카로운 창이라면, 집 주인인 서재현은 견고한 방패였다.

"업계 선배님이시니까 기탄없이 얘기하겠습니다."

중년 남자는 대뜸 통보하고 말을 이었다.

"저나 되니까 한참 전에 은퇴하신 선배님을 기억하고 여기까지 온 겁니다. 그것도 주연배우들을 대동하고 말이죠. 밖에 쟤들, 요새 최고로 비싼 몸들이에요. 저도 이렇게 신경을 쓰고 있느니만큼 조건도 최대로 맞춰드리겠습니다. 슬슬 복귀하

서야죠."

"잘나가는 영화제작자께서 나 같은 퇴물 감독을 기억해 주
는 것도 모자라 선배 대접까지 해주고, 이거 영광이로구만. 하
지만 전화로도 말했다시피 영화판에 복귀할 생각은 추호도 없
네. 자네, 헛걸음했어."

서재현이 다시금 거절하자 중년 남자는 답답하다는 듯 미간
에 주름을 잡았다.

"정말 확고하신 겁니까? 선배님, 오래전 신 작가님께 일어난
사고는 우연이었을 뿐입니다. 징크스 같은 게 아니에요."

"내가 왜 은퇴했는지 잊었나? 그 후로도 번번이 같은 일이
일어났었네."

"현장에서 배우가 다치는 일도, 흔치는 않지만 종종 벌어지
는 사고입니다. 비단 선배님께만 일어난 일이 아니죠."

끈질긴 설득에도 서재현의 태도는 변하지 않았다.

"내가 카메라를 잡을 때마다 사고가 터진 건 근본적인 문제
가 아니네. 괜한 소리 그만하고, 이제 가줬으면 좋겠군."

물론 중년 남자의 말대로 작품에 들어갈 때마다 일어났던
사고는 우연일 수도 있었다. 하지만 서재현의 몸이 우연으로
받아들이지 못한다는 게 문제였다. 그렇다고 트라우마를 가진
채 지휘봉을 잡을 수도 없는 노릇이었다.

"좋습니다. 선배님 결심이 정 그러시다면 더는 복귀 문제를
입에 올리지 않겠습니다. 대신 신 작가님이 남기고 간 유작만
넘겨주십시오."

그 말을 들은 서재현은 순식간에 얼굴을 붉히며 앉아 있던 의자의 팔걸이가 부서질 듯 주먹을 내리쳤다.

"결국 노린 건 신 작가의 유작이었나?"

"세상 빛을 보는 편이 작품을 위해서도 좋은 겁니다!"

중년 남자가 마주 소리치며 눈을 부릅떴다.

"따지고 보면 어쩌다 얻어걸린 것뿐이지, 그 작품의 판권을 가지고 계신 것도 아니잖습니까? 선배님이 무슨 권리로 신 작가님의 유작을 땅에 묻느냐는 말입니다. 그 아들을 데려다 키우신다고 해서 작품의 주인 행세를 할 수는 없습니다."

"당장 나가!"

서재현은 현관문을 향해 손가락질을 했다. 그러나 중년 남자는 거기서 멈추지 않고 서재현의 심장을 도려내는 것 같은 잔인한 말을 뱉었다.

"충무로에 이상한 소문이 돌고 있는 건 아십니까? 그 희곡이 대단한 걸작이라는 추측이 난무하면서, 선배님이 신 작가님의 아들을 곁에 두는 것도 작품을 가로채기 위한 포석이 아니냐는 말이 나오고 있습니다. 물론 저는 아직 그렇게까지 생각하진 않지만, 계속 버티시면 오해를 살 수밖에 없을 겁니다. 어차피 사장시킬 게 아니라면 괜한 경쟁 붙일 생각 마시고 원하는 것을 말씀하십시오. 얼마가 됐든, 뭐가 됐든 맞춰드리겠습니다."

도를 한참 지나친 언사에 서재현은 간신히 이성의 끈을 잡으며 말했다.

"당장 꺼지지 않으면 나도 더 이상 손님으로 대하지 않겠네. 꼭 힘을 쓰지 않고도 자네를 내 집에서 쫓아낼 방법은 셀 수 없이 많아."

"하, 주거침입으로 신고라도 하시게요?"

서재현의 돌덩이 같은 표정을 빤히 보던 중년 남자는 피식 웃었다.

"…그럼 곤란하죠. 저는 이만 가보겠습니다. 언제든 생각이 바뀌시면 연락 주십시오."

그는 명함을 탁자에 올려두고 일어났다. 그러자 서재현의 아내 이지은이 현관문을 열어주었다. 그녀는 중년 남자가 집을 나가기 전, 나직이 말했다.

"남편의 비즈니스에 관여하는 편은 아니지만, 다신 찾아오지 말아줬으면 좋겠군요. 남편은 고혈압이에요. 아마 당신 얼굴만 봐도 건강에 해로울 겁니다."

이렇다 할 대답 없이 고개를 살짝 까딱해 보인 중년 남자는 안주머니에서 선글라스를 꺼내 쓰며 마당에 있는 배우들에게 외쳤다.

"협상 결렬이다. 가자고!"

마당 밖에 세워진 고급 승용차로 향하는 중년 남자의 뒷모습을 눈으로 쫓던 여배우가 그사이 친해진 수열의 머리를 헝클어뜨리며 말했다.

"이 누난 갈 테니까 잘 지내. TV에서 보면 꼬박꼬박 인사하고."

수열이 꺄르르 웃었다. 두 사람은 제법 죽이 잘 맞았다. 수열과 여배우의 나이 차는 열 살이 넘었지만 정신연령만큼은 비슷해 보였다.

한편 남배우는 따뜻한 미소를 지으며 지호를 격려해 주었다.

"넌 재능이 있는 것 같으니까 이 다음에 크면 훌륭한 영화감독이 될 수 있을 거야. 게다가 대단한 감독님과 함께 지내고 있잖아? 꼭 다시 보자."

배우들을 기다리며 승용차 앞에서 담배를 피우는 중년 남자를 잠시 바라보던 지호가 남배우에게로 시선을 돌렸다.

"네! 형도 안녕히 가세요."

작별 인사를 나눈 배우들이 잔디밭을 밟으며 승용차로 향했다. 마침 지평선 너머로 지고 있는 노을이 하늘을 붉게 물들이고 있었다. 지호는 다시 카메라를 꺼내들었다.

한편, 창문을 통해 그들을 지켜보던 서재현은 술잔에 브랜디를 채웠다. 그는 건강이 좋지 않아 꽤 오랫동안 음주를 멀리해 왔지만, 꿀꿀한 기분에 사로잡힌 오늘만큼은 술 생각이 간절했다.

평소 참견을 하던 이지은도 묵인해 주며 걱정스레 물었다.

"여보, 괜찮아요?"

서재현은 아까 들었던 말이 못내 신경 쓰이는지, 고개를 저으며 혼잣말을 했다.

"그런 이유로 지호를 데려온 게 아니야."

"남들이 뭐라 하던 우리 가족은 당신을 잘 알아요. 그 작자는 당신을 자극해서 뭔가를 얻으려 했을 뿐이에요. 돈이 될 만한 감독과 작품이 필요했을 테니까요."

"지호가 직접 영화를 만들게 되기 전까지 그 작품은 누구도 못 건드려."

스스로에게 다짐하듯 중얼거린 서재현은 거실에 설치된 빔 프로젝터를 가동시켰다. 그러자 지호가 촬영해 둔 헤이리 마을의 경관이 눈에 들어왔다. 카메라 구도가 전환될 때마다 직접 풍경 속에 서 있는 느낌이 들만큼 생동감 넘치는 영상이 흘러나왔다.

한참 동안 벽면을 덮은 스크린을 바라보던 그는 술잔의 브랜디를 마저 들이켰다.

*   *   *

밤이 되자 서재현은 잠을 못 이루고 서재 책장 앞을 서성이고 있었다.

지호를 생각하던 그는 카메라 기법에 대해 자신의 이름이 저자로 들어가 있는 두툼한 책을 두 권 뽑았다.

'카메라를 제 새끼처럼 끼고 다니는 아이이니, 카메라 기법을 익혀두는 편이 도움 되겠지.'

서재현이 보는 지호는 카메라에 대한 열정이 대단했다. 지호의 관심사는 영상, 그다음 사진이었다. 하지만 두 분야 모두 기초는 카메라였다. 지호의 탁월을 감각을 빛내려면 기본적인 카메라 기법을 익히는 게 먼저인 것이다.

그때, 서재의 미닫이문이 열리며 이지은이 들어섰다.

드르륵—

그녀는 성냥으로 수그러든 등불을 되살리며 서재현이 들고 있는 책들을 살짝 엿보았다.

"지호 주려고요?"

"음."

서재현은 애매하게 대답하며 두 권의 두툼한 책을 든 채로, 자리를 피하듯 서재를 나갔다. 그는 막 바로 2층에 있는 지호 방으로 갔다.

지호는 아직 잠들기 전이었다.

똑똑.

서재현이 문틀에 노크를 하자 지호가 돌아봤다.

"아, 삼촌. 아직 안 주무셨어요?"

어깨 너머 모니터에서 흑백영화가 흘러나오고 있었다.

가만히 서서 빤히 지켜보던 서재현이 책상으로 다가가 들고 있던 책 두 권을 슬쩍 내려놨다.

"카메라에 관한 책이다. 비록 기초적인 내용이지만 읽고 이해하는데 꽤 오랜 시간이 걸릴게야. 하지만 기본을 알아야 응용도 가능한 법이니, 한번 훑어 보거라."

서재현은 용건만 툭 던져두고 몸을 돌렸다.

유유히 방을 떠나는 그의 뒷모습을 보며 멍하게 앉아 있던 지호는 황급히 정신을 차리며 작게 외쳤다.

"감사해요, 삼촌! 안녕히 주무세요!"

서재현은 이미 1층으로 사라져 버리고 없었다. 그러나 지호는 자신의 인사가 그에게 닿았는지 고민할 새도 없이, 그가 두고 간 책을 펼쳤다.

파라락.

한 장, 한 장 넘어갈 때마다 지호의 표정은 환희에 젖었다. 자신이 카메라를 잡은 뒤부터 궁금했던 부분들이 속 시원히 나와 있었다.

이렇듯 일반 서적과는 전혀 다른 전달력의 원천은 서재현이 직접 쓴 책이라는 점 때문이었다. 그와 잦은 대담을 나누는 지호로서는 배로 이해가 잘됐다.

"한 글자, 한 글자가 보석 같네."

말 그대로 한 문장도 잊어버리고 싶지 않았다. 남들은 한 번 보고 통째로 외우는 일이 불가능하지만, 지호라면 쉽게 가능했다.

그는 혀를 내두르는 데서 그치지 않고 책장을 넘길 때마다 전문을 이미지화시켜서 찍어냈다.

번쩍!

눈앞에 환한 플래시가 터졌다.

자신이 가진 섬광 기억 능력을 이용한 것이다. 그러나 수차례 같은 행위를 반복하자 금세 눈이 피로하고 머릿속이 터질 것처럼 뻐근해졌다.

결국 지호는 지속하지 못하고 관자놀이를 지압하며 등을 기 댔다.

'삼촌은 오랜 시간이 걸린다고 하셨지만… 하루하루 야금야 금 찍어대면 일주일 후에는 전부 다 머릿속에 넣어 둘 수 있겠 는 걸?'

시간은 많고 무리할 필요는 없었다. 지호는 매일같이 섬광 기억 능력을 이용해 두 권의 책을 통째로 이미지화시켜 버렸 다. 이제 사진을 찍을 때마다 필요한 내용을 써먹다 보면 이해 하는 데까지 오랜 시간이 걸릴 것 같진 않았다.

Chapter 2
전환점은 우연히 찾아온다

올해 열한 살이 된 수열은 평화초등학교 4학년이었다. 그가 살고 있는 헤이리 예술마을은 외딴 곳에 떨어져 있었기 때문에 버스를 타고 통학해야 했다.

학교에 가면 깐족거리는 성격의 짝꿍 정성우가 있었다. 성우는 수열과 대체적으로 비슷한 성격인 탓에 종종 다투기도 했다. 오늘 쉬는 시간도 그런 이유로 말다툼이 벌어졌다. 두 사람은 서로 자랑하기 바빴다.

"우리 형아는 중학생인데도 키 백팔십 넘거든!"

성우가 턱을 치켜들고 거만한 태도로 말하자 수열도 지지 않고 형 이야기를 꺼냈다.

"너희 형보다 우리 형이 훨씬 잘생겼거든?"

"그럼 뭐해? 너희 형 자폐증 아니야?"

뜻밖의 인신공격에 수열은 잠시 멍한 표정이 됐다.

"…누가 그래?"

"우리 엄마가 그러던데?"

성우의 대답을 들은 수열은 순간 울컥했다. 마음 같아선 얼굴에 주먹을 한 방 날려주고 싶었지만 서재현의 얼굴을 떠올리며 간신히 이성을 붙잡았다. 하지만 언성이 높아지는 것까진 어쩔 수 없었다.

"네가 우리 형에 대해 뭘 안다고 함부로 말해! 우리 형은 자폐가 아니고 천재거든?"

"웃기시네. 너희 형 항상 카메라만 붙들고 있잖아. 완전 이상해!"

"네가 뭘 알아? 형이 찍은 거 보는 사람마다 천재라고 말하거든! 잘 알지도 못하면서……."

수열은 씩씩대며 쌍심지를 켰다.

'두고 봐. 우리 형이 천재란 걸 보여줄 테니까.'

그날, 두 사람은 한마디도 나누지 않았다. 학교가 파하고 수열이 집에 도착했을 땐 서재현과 지호가 마당에 나와 있었다.

그들은 커피를 마시고 일광욕을 하며 한가로운 오후를 즐기는 것처럼 보였다.

"학교 다녀왔습니다! 어? 형, 학교 벌써 끝났어?"

수열이 묻자 지호가 손을 흔들며 답했다.

"왔어? 나 오늘 단축 수업."

그 순간 서재현이 수열을 나무랐다.

"수열이 너, 가서 방 청소 좀 해라. 어제부터 말했는데 아직까지 개판이야?"

"죄송해요……."

기가 꽉 죽은 수열이 총총걸음으로 집에 들어갔다. 힘없는 뒷모습을 보며 혀를 차던 서재현은 앞에서 미소 짓고 있는 지호에게 시선을 줬다. 그는 원래 말하던 본론으로 돌아갔다.

"모든 작품은 의미를 담고 있어야 한다. 네가 가장 관심 있는 부분에 대해 이야기를 하면 좋겠지. 영화란 감독 자신을 위한 지극히 개인적인 예술인 게야."

지호는 짙은 호기심이 서린 눈빛으로 의문을 제기했다.

"영화는 관객들을 위한 거잖아요?"

"숱한 영화감독들이 빠지는 함정이지."

서재현이 부정하며 덧붙여 물었다.

"영화의 주관이 뚜렷할수록 더 오래 살아남는다. 상업적인 영화는 두 번 보면 질리게 마련이고. 왜 그럴까?"

"감독이 조금 더 애정을 갖고 촬영할 수 있어서요?"

"그래, 그리고 또 하나. 관객을 위해 영화를 만들면 관객을 놀라게 할 수 없다. 그런 영화라면 누가 카메라를 잡아도 만들어낼 수 있겠지."

지호는 총명해 보이는 눈동자를 반짝이며 고개를 끄덕였다. 영화라면 열광하는 두 사람은 자주 이렇게 간접적인 대화를 나누었다. 지호는 그때마다 배우는 게 있었다.

"네, 삼촌."

그때, 서쪽 하늘에서 불꽃이 터졌다.

"오늘 마을 축제한다던데, 수열이 데리고 다녀오지 그러냐."

"그럴까요?"

어깨를 으쓱이며 활짝 웃어 보인 지호가 집 안으로 들어갔다. 방으로 올라가자 수열은 방 창문에 턱을 괴고 있었다. 방바닥에는 만화책이 널브러져 있고 이불은 침대 위에 뱀처럼 똬리를 틀었다.

"서수열! 뭐해? 청소는?"

짐짓 화난 척하는 지호의 물음에 고개를 돌린 수열이 어색한 미소를 띠우며 급히 화제를 돌렸다.

"하하하… 맞다! 형, 오늘 라임걸즈 공연 온대!"

"그래서? 청소 안 하면 라임걸즈도 싫어하지 않을까?"

지호가 팔짱을 끼며 짐짓 엄격하게 대답했다. 그 모습에 상황 파악을 마친 수열이 두 손바닥을 붙이고 싹싹 빌었다.

"헤헤헤, 형아. 잘못했어."

"대충 정리하고 나와."

뒤돌아선 지호는 남몰래 미소 지었다. 혼나는 강아지처럼 낑낑대는 동생 수열이 귀엽게 느껴졌기 때문이다. 그는 자신의 방에서 애지중지하는 카메라를 챙긴 뒤 수열과 합류했다. 축제가 열린 마을 입구에 도착할 때까지 수다를 떨던 수열이 한쪽을 가리키며 깜짝 놀랐다.

"어! 정성우?"

오늘 싸운 성우가 엄마와 함께 나들이를 나와 있었다. 그들 가족 역시 축제에 놀러온 것이다.

수열의 시선을 쫓은 지호가 물었다.

"친구야?"

"응, 같은 반 짝꿍! 그런데 친구는 아니야."

"에이, 같은 반이면 친구지 무슨."

지호는 수열의 머리카락을 헝클어뜨렸다. 수열은 입술을 삐죽이 내밀며 인정하지 않았다.

"친구 아니야!"

그 순간, 요즘 한창 주가를 올리고 있는 걸 그룹 라임걸즈가 무대 위로 등장했다. 뜨거운 환호성이 터지며 축제가 본격적으로 시작됐고, 미리 포진하고 있던 취재진이 셔터를 사정없이 눌러댔다.

그 와중에 키가 작은 수열은 대충 무대의 방향만 알 뿐 정확한 위치도 알 수 없었다. 그는 포기하지 않고 줄넘기하듯 제자리에서 통통 튀며 라임걸즈 정수리라도 보려했다. 하지만 그것조차 쉽지 않았다. 결국 땀범벅이 돼서는 자신을 높이 들어줄 큰 키의 지호를 찾았다.

"형아?"

어느새 지호는 사라져 버리고 없었다. 수열은 반사적으로 나무 위로 시선을 돌렸다. 역시나 그곳에 지호가 있었다. 그는 이미 취재진 머리 꼭대기보다도 위쪽에 자리를 잡고 있었다.

"멋진 작품이 나올 거야."

빙그레 웃은 지호는 정신을 집중하며 두 눈을 매처럼 날카롭게 빛냈다. 그는 서재현이 준 책 내용을 떠올리며 카메라를 작동시켰다. 먼저 라임걸즈가 서 있는 무대를 병풍처럼 두르고 있는 넓은 숲과 일정한 거리를 유지한 채, 전체적인 화면을 길게 촬영하는 스테이징(Staging)기법을 사용했다. 또한 카메라 구도는 마치 하늘에서 내려다보는 것같은 하이앵글(Hight angle)로 잡았다. 그러자 광활한 자연을 등에 업은 라임걸즈의 콘서트 모습이 이색적으로 다가왔다.

'이게 되네?'

그동안 무작정 찍어댔던 경험들이 든든한 밑바탕이 됐다. 거기에 책에서 본 내용들이 어우러지자 연습하지 않고도 머릿속 이미지를 카메라에 담을 수 있었다.

*   *   *

한편 무대가 보이지 않는 수열과 성우는 학교에서의 싸움 이후 2차전의 서막을 알리고 있었다.

"엄마! 저 형, 또 저래. 수열이네 형아 이상해."

성우의 손가락을 따라 시선을 돌린 성우 엄마가 기겁했다.

"어맛, 깜짝이야!"

그녀는 놀란 가슴을 쓸어내리며 말했다.

"지가 타잔이야, 뭐야? 왜 나무를 타? 쟤는 중학생씩이나 돼서 동네 창피하게 뭐하는 짓이라니."

두 모자(母子)의 대화를 고스란히 들은 수열은 분한 마음에 이를 갈았지만, 어떻게 두 사람을 골탕 먹여야 속이 후련해질지 생각해 내지 못했다. 무엇보다 성우에게는 엄마라는 든든한 우군이 있었던 것이다.

'형은 내가 지킬 거야!'

속으로 다짐한 수열은 지호가 앉아 있는 아름드리나무 위를 바라봤다.

그 와중에도 당사자인 지호는 나무에 걸터앉아 휘파람을 부르며 방금 찍은 사진을 확인하고 있었다. 그러나 수열의 눈에는 자신에게 쏟아지는 비난을 전혀 모르는 형의 모습이 안쓰러워 보일 따름이었다.

'어떻게 하지?'

수열은 성우네 모자를 보며 골려줄 고민을 시작했다.

이내 아이스크림이라도 하나 사서 실수인 척 두 사람 옷에 범벅해 줄 요량으로, 주위를 두리번거리며 아이스크림 차를 찾았다.

'저기 있다! 응? 저건……'

수열은 아이스크림 차 뒤에 붙은 벽보를 보고 번뜩 아이디어가 스쳐지나갔다. 벽보에는 '파주시 지역 홍보 영상 공모전'이라는 제목이 선명하게 찍혀 있었다.

"그래, 저거야!"

크게 소리친 수열은 카메라에 정신이 팔려 있는 지호를 보며 생각했다.

'형한테 말해봤자 어차피 공모전 같은 건 관심 없다고 하겠지?'

평소 귀찮은 이벤트를 질색하는 지호를 떠올려 봤을 때, 어지간해선 설득당하지 않을 게 불 보듯 빤했다.

마침내 수열은 자신이 직접 지호 이름으로 출품하겠다는 간 큰 계략을 꾸몄다. 그것만이 얄미운 정성우 모자에게 형의 이미지를 회복하고 진정한 승리를 거둘 유일한 길이라고 생각했다.

"형! 나 먼저 간다!"

마음을 굳힌 그는 집을 향해 냅다 뛰어갔다.

*   *   *

따르릉— 따르릉—!

인테리어 소품으로나 쓰일 법한 고풍스러운 전화기에서 시끄럽게 벨이 울려댔다.

때마침 주방에서 저녁 메뉴를 손질하던 이지은이 거실로 나서며 손의 물기를 닦았다. 그녀는 수화기를 들어 올리며, 단정한 헤어스타일과 잘 어울리는 단아한 목소리로 물었다.

"네, 여보세요?"

이내 수화기 뒤편에서 젊은 남자의 목소리가 들려왔다.

"안녕하세요! 문화체육관광부 파주시 지역 홍보 공모전 담당자 김대식이라고 합니다. 실례지만 신지호 선생님 댁 맞나요?"

대본을 읽는 듯 기계적인 말투나 뜬금없는 공모전 관련 소식보다 더 당황스러운 건 지호의 이름 뒤에 붙은 '선생님'이라는 호칭이었다. 수상한 점이 다분한 전화였지만 이지은은 차분히 물었다.

"우리 애 이름이 지호는 맞아요. 하지만 중학생한테 선생님이라니… 무슨 일이시죠?"

"아, 죄송합니다. 작품이 너무 출중해서 중학생일 거라고는 짐작도 못했습니다. 개인 정보에 생년월일이나 휴대폰 번호도 적혀 있지 않았고요. 사실, 집 전화번호도 간신히 찾은 겁니다."

머쓱하게 말한 남자가 덧붙여 물었다.

"혹시 어머님 되시나요?"

"아뇨, 숙모예요."

대답한 이지은은 처음 듣는 공모전 전화의 진위 여부를 확인하는 게 우선이라는 판단이 들었다.

"급한 용무가 아니라면 우리 애랑 얘기해 보고 다시 전화 드릴게요. 문화체육관광부라고 하셨죠?"

"예, 맞습니다. 아! 다름이 아니고, 이번 공모전에서 신지호 학생이 대상 수상자로 선정됐습니다."

"네? 공모전 대상이요?"

이지은이 화들짝 놀랐다. 문화체육관광부에서 주최한 공모전이라면 그 규모가 작진 않을 터였다. 다양한 지원자들이 몰렸을 것이다. 그런데 무려 대상이라니!

"정확히 어떤 공모전이죠?"

"파주시를 홍보하는 데 적합한 영상을 뽑는 공모전입니다."

"조금 당황스럽네요."

"공모전 시상식 일정과 초청장은 근시일 내에 우편으로 갈 겁니다. 꼭 참석해 주셨으면 해서 연락드렸습니다."

"네에… 감사합니다."

이지은은 전화를 끊은 후에도 얼떨떨했다.

'이게 무슨 일이람?'

생각을 뒤로하고 주방으로 돌아가 벨을 울리자, 지호와 수열이 2층에서 내려왔다. 별채의 작업실에 있던 서재현도 저녁을 들기 위해 넘어왔다. 가족들이 식탁에 둘러앉자 이지은이 조심스레 운을 뗐다.

"오늘 지역 홍보 공모전에 당선됐다고 연락이 왔어요."

서재현이 반찬을 집으려던 젓가락을 멈췄다.

"공모전?"

그는 반사적으로 지호를 봤지만, 정작 지호는 영문을 모르겠다는 표정이었다. 그때 바로 옆에 앉아 있는 수열의 초조한 얼굴이 눈에 들어왔다.

"수열이, 네가 신청한 게냐? 형 작품으로?"

수열은 안색이 파랗게 질려 변명을 둘러댔다.

"그, 그게… 아니라, 우리 반 애가 자꾸 형아 이상하다고 놀려서요. 진짜예요… 딸꾹!"

지호는 일부 사람들이 자신의 특이한 행동을 흠잡는다는 사실을 알고 있었다. 하지만 자신의 능력을 표출하지 않고는 배길 수가 없었기에 일부러 신경 쓰지 않았다. 그 참에 이런 식으로 일이 터져 버린 것이다.

'수열이도 그동안 많이 상처받았었나 보다.'

생각한 그는 책임을 느끼며 말렸다.

"에이, 삼촌! 괜찮아요. 언제가 됐든 기회가 되면 공모전에 한 번 참가해 보려던 참이었어요."

지호의 제지에도 불구하고, 서재현은 호락호락하지 않았다.

"문제는 수열이가 자기 것이 아닌 네 작품을 허락도 없이 보냈다는 게다. 네가 평소 공모전에 관심이 있었건 말건, 그건 중요치 않아."

그는 수저를 내려놓고 먼저 자리에서 일어나며 싸늘한 눈빛으로 수열을 보았다.

"밥 다 먹고 별채로 건너오너라."

서재현은 쉬이 넘어갈 생각이 없어보였다.

아빠의 호랑이처럼 엄격한 모습을 본 수열은 벌써부터 울먹이며 오금을 저렸다.

*　　　*　　　*

한 시간 동안 별채에서 혼쭐이 난 수열은 눈물자국이 번진 퉁퉁 부은 눈으로 돌아와 먼저 방에 올라갔다.

꼬리를 물고 나타난 서재현은 덤덤한 표정을 지은 채 지호를 서재로 불러들였다.

"지호야, 난 네 장래가 걱정된다."

그는 피로가 역력한 얼굴로 안경을 벗고, 콧잔등을 주무르며 말했다.

"재능을 가진 사람은 주변의 질시를 받게 마련이다. 하지만 재능은 행복을 위해 누려야지, 이용의 대상이 되어선 안 돼. 해서 난 네가 자신을 지킬 수 있을 만큼 성숙해진 후에 알려져도 늦지 않다고 생각한다."

"제가 그 정도로 재능이 있다고요?"

지호는 모르는 척 물었다. 서재현이 자신의 능력에 대해 어느 정도 알아차리게 됐는지 궁금했기 때문이다.

"그래. 틀림없는 사실이다."

"어떤 재능인데요?"

"이 바닥 일은 타고난 부분이 중요하다. 넌 남들에 비해 특출한 글솜씨와 촬영 감각이 있고. 이 두 가지를 모두 갖추기는 쉽지 않다."

서재현이 말하는 점은 상당히 일반적인 부분만을 내포하고 있었다. 지호는 안도감과 실망감이 교차하는 표정으로 대답했다.

"아, 네."

"그나저나 이미 공모전에서 입상하게 된 이상 눈총을 피할 순 없을 게다. 네 작품을 보고 중학생이란 것까지 알게 되면 분명 화젯거리 삼고 싶어 할 테니."

"에이, 설마 그렇게까지……."

서재현은 심각한 표정으로 지호의 말을 잘랐다.

"그리고 나와의 관계가 알려지면, 너희 가족이 겪었던 일도 재조명받게 될 게야."

순간 지호의 표정이 착 가라앉았다.

"그건 제가 원치 않아요."

서재현은 고개를 끄덕였다.

"알고 있다. 그래서 앞으로 어떻게 해야 할지 상의하기 위해 널 부른 것이고."

"사실… 그동안 늘 신세 지는 느낌이었어요. 저를 거둬주신 삼촌과 숙모, 수열이한테도 항상 감사해요. 모두 갚을 수는 없겠지만 언제고 반드시 보답할 거예요."

서재현이 잠자코 듣고 있자 지호가 말을 이었다.

"그래서 말인데… 언제까지 신세를 지고 싶진 않아요. 당장은 부모님이나 제 자신이 사람들 입에 오르내리는 것도 싫고요. 그렇다고 당장 독립할 수는 없겠지만, 지금부터 천천히 자립하고 싶습니다."

지호의 의견을 끝까지 들은 서재현은 그를 빤히 바라보았다.

제 어미를 닮아 눈썹이 짙었으며, 맑고 큰 눈은 지혜롭게 빛나고 있었다. 또한 제 아비와 꼭 빼다 박은 오뚝한 코, 앙다문 입매에선 고집이 엿보였다.

'자네 아들은 잘 컸네.'

친구를 떠올리며 지그시 눈을 감은 서재현이 말했다.

"그래. 네 생각을 존중한다만, 천천히 상의해 보도록 하자구나."

　　　　＊　　　　＊　　　　＊

　시상식은 파주시청 강당에서 개최됐다.

　지호는 이지은과 수열이를 대동하고 참석했지만 따로 앉아
야 했다. 수상자석은 맨 앞줄, 그 뒤로 문화체육관광부 소속
관계자들이 앉고, 다음 가족이나 지인 등이 자리했다.

　수상자들 중 지호 같은 청소년은 보이지 않았다. 옆 좌석의
이십 대로 보이는 남자가 그나마 젊었다.

　'이 사람이 금상인가?'

　지호는 지레짐작하며 자리에 앉았다. 남자는 무심코 고개를
돌리다 그를 발견하고 뜻밖이라는 표정을 지었다.

　'중학생? 아니면 고등학생?'

　이십 대 초반의 남자 김현수는 대상 수상자 지정석에 앉은
지호를 보며 깜짝 놀랐다. 이번 공모전 최후의 승자라기에는
너무도 어린 모습 때문이었다.

　'이거 뭐가 잘못된 거 아니야?'

　현수가 그런 의심을 품는 찰나, 사회자가 단상으로 걸어 나
왔다.

　그녀를 본 수상자들이 술렁였다.

　"정도연 아니야?"

　"광고계 마이다스의 손!"

　"스트릿 포토그래퍼였을 때 친구 사진 한 방 잘 찍었다가 데

뷔했다던데."

내용만 들어도 유명 인사가 사회를 맡았다는 사실을 알 수 있었다.

그때 사회자가 자신을 소개했다.

"반갑습니다. 저는 프리랜서 사진작가이자 광고 디렉터로 활동하고 있는 정도연입니다. 같은 분야의 목표를 가진 여러분을 만날 수 있어서 영광입니다."

박수 소리를 등에 업은 정도연이 스크린에 수상 작품을 띄웠다. 그녀는 이번 공모전의 금은동상 수상작을 차례로 소개했다.

긴 시간이 흐르고, 마침내 대상인 지호 순서가 왔다. 정도연은 대상이란 타이틀에 맞게 의미심장한 표정으로 발표했다.

"이번에 소개할 작품은 대상 수상작입니다. 자, 그럼 대상으로 선정된 영상을 함께 보시죠."

강당이 일제히 소등되고 스크린에 불이 들어오자 객석에서 탄성이 흘러나왔다.

"와아……!"

지호가 촬영한 영상은 헤이리 마을 곳곳의 풍경을 담아내고 있었다.

징검다리를 사이에 두고 마주보는 언덕 위 벚꽃이 만연한 '헤이리의 봄'.

진돗개가 혀를 할짝이며 개울 속으로 스며들어 부서지는 햇살을 마시는 '헤이리의 여름'.

시리도록 푸른 하늘과 아름드리나무를 물들인 붉은 단풍이 대조적인 '헤이리의 가을'.

밤하늘의 환한 별무리를 거울처럼 반사시키는 눈밭이 아름다운 '헤이리의 겨울'.

네 단락의 시퀀스(Sequence)로 이루어진 십 분짜리 영상이 끝난 후 불이 들어오며 다시 나타난 정도연이 입을 열었다.

"사계절을 담은 다큐멘터리 영상은 상징적이고 매혹적입니다. 이 사진들에는 놀라운 비밀이 숨겨져 있는데, 혹시 여러분도 발견하셨나요?"

갑작스러운 질문을 받은 관객들이 웅성거렸다. 관객들은 대체로 흥분하거나 감탄한 표정을 짓고 있었는데, 그들의 면면을 뜯어보던 정도연은 잠시 애를 태운 뒤 친절한 설명을 덧붙였다.

"저는 문득, 비현실적으로까지 보이는 작품을 어떻게 촬영했을지 궁금해졌습니다. 그래서 헤이리의 사계절을 뜻하는 제목에 집중하고 다시 봤죠. 그 결과 이 작품이 각 계절의 24시간 중 가장 특별한 순간을 담고 있다는 사실을 알 수 있게 되었습니다. 그렇기 때문에 육안으로 보는 것보다 더 아름답게 느껴지는 게 아닐까요?"

영상을 본 모두가 순간적으로 자신이 스크린 속에 머무는 것 같은 느낌을 받았다. 작품은 헤이리 마을이 통째로 살아 움직이는 것 같은 생동감을 품고 있었다.

현수 역시 지호의 실력에 대한 의심을 거두고 영상에 몰입할 수밖에 없었다. 그는 머릿속으로 방금 본 장면들을 떠올리며 나름대로 분석했다.

'카메라가 전혀 흔들리지 않았어.'

영상은 몸을 직접 움직이며 촬영하는 달리쇼트(Dally shot)는 카메라 기능을 이용한 줌(Zoom) 방식보다 직접 눈으로 보는 것 같은 생동감을 줄 수 있다. 그러나 카메라 자체가 움직이기 때문에 화면이 흔들릴 수 있다는 단점이 있었다.

그 때문에 레일을 깔고 움직이는 트레킹(Tracking)을 이용해 촬영하는데, 이 작품은 직접 들고 움직이며 찍은 것이 분명했다.

'구도를 정한 걸 보면 촬영 감각도 뛰어나고… 중학생치고 말도 안 되는 테크닉까지 갖췄다.'

오죽하면 비전문가인 관객들도 신기하게 여기고 있었다.

"아까 나온 마을 전경은 어떻게 촬영했대요?"

"그러게요. 하늘을 나는 것도 아닐 텐데."

"정말 이게 학생이 만든 거라고요?"

"역시, 괜히 대상이 아니네요."

말소리가 들려오자 현수는 피식 웃었다.

'중영대 연출과 합격하고 세상이 내 것 같았는데, 이런 곳에서 중학생한테 밀릴 줄이야.'

한편, 지호는 촬영에 대해 아무것도 모르면서도 자신에게 무조건적인 믿음을 보내는 동생 수열을 생각하며 미소를 짓고 있었다.

'다행히 편집된 파일을 보냈네. 만약 미리 알았더라면 편집에 더 신경을 썼을 텐데.'

그는 다른 수상자들이 들으면 거품 물고 쓰러질 만한 생각을 했다. 수열이 막무가내로 보내는 바람에 검토할 시간조차 주어지지 않았다는 점이 못내 마음에 걸렸던 것이다.

모두를 놀라움에 빠트렸던 영상이 대미(大尾)를 장식한 가운데, 사회자 정도연이 객석의 넋 나간 침묵을 깼다.

"편집 기술은 살짝 아쉬운 반면 구도를 잡는 감각은 현역에서 뛰는 프로 이상이라고 봅니다. 대상을 받게 된 수상자는 헤이리에 살고 있는 신지호 군입니다. 여러분, 박수로 맞아주세요!"

지호는 갈채를 받으며 단상 위로 올라갔다. 순금으로 된 상패를 수여받은 그는 몸을 돌려 식구들을 찾은 뒤 활짝 웃어 보이며 고개를 숙였다.

객석에서 지켜보고 있던 이지은과 수열로서는 마음이 벅차오르는 순간이었다.

'이제부터 날개를 펼치겠구나.'

그 시각, 이 감격스러운 순간을 지켜보는 또 한 시선이 있었다. 수열의 초대를 받은 성우네 가족도 기꺼이 시상식에 참석했던 것이다.

성우가 단상 위에 올라간 지호를 보며 말했다.

"헐! 수열이 말대로 저 형, 진짜 천재였나 봐."

입을 반쯤 벌리고 감탄하는 아들을 본 성우 엄마가 못 마땅한 표정으로 대답했다.

"하긴, 천재는 다들 독특한 구석이 있다고 하더라. 바보랑도 한 끗 차이래고."

그녀는 멈추지 않고 지호를 폄하했다.

"저애 학교생활도 빵하다. 사진기를 자식처럼 끼고 다니면서 나무나 타는 별종을 누가 좋아하겠니?"

"그건 그래. 나 같아도 우리 반 애가 나무에 매달려서 맨날 사진만 찍고 다니면 이상할 것 같아."

성우가 동조하자 성우 엄마는 눈을 지그시 감으며 대답했다.

"그래. 엄만 너희가 평범해도 친구들과 잘 지내고, 이 다음에 커서도 건강하고 행복하길 바란다."

그때 잠자코 듣고 있던 성우의 형, 정성진이 설마 하는 표정으로 물었다.

"지금 신지호 얘기하는 거야?"

두 사람이 나란히 긍정의 눈빛을 보내오자 그는 지호 쪽으로 고개를 돌리며 덧붙였다.

"쟤, 나랑 같은 반이잖아. 우리 학교에서 완전 유명한데."

"유명하겠지. 어떻게 안 유명하겠니? 학생이 하라는 공부는 안하고, 허구한 날 집 없는 애처럼 혼자 사진만 찍고 돌아다니는데……."

혀를 차며 고개를 끄덕이는 엄마를 보며 성진은 황당한 기색을 내비쳤다.

"무슨 소리야? 신지호가 성적이 얼마나 높은데. 게다가 키 크고 잘생겨서 여자애들한테 인기 짱. 운동 잘해서 남자애들한테도 인기 짱."

"헐, 대박."

성우가 입을 떡 벌렸다.

성우 엄마 역시 얼음물을 맞은 것처럼 충격받은 얼굴로 객석을 둘러보았다. 그녀는 새삼스러운 사실을 막 깨달은 듯 중얼거렸다.

"왜 이렇게 관람객이 많은가 했더니 죄다 동네 아이들이잖아? 저애, 우리 옆 동 사는 닥터 강 딸내미 아니니?"

"맞아, 우리 반 얼짱 강지원."

꽃다발을 들고 있는 여학생은 의사 집안인 데다 타고난 미모를 겸비해 콧대가 높기로 유명했다. 게다가 그녀 외에도 같은 학교의 동급생 다수가 응원하러 나와 있었다.

이것만 봐도 능히 교내에서 지호의 인기를 실감할 수 있었다.

그때 성진이 몽롱한 눈빛으로 덧붙였다.

"나한테는 눈길도 주지 않지. 얼음공주 같으니라고."

"형은 맨날 게임만 해서 그렇지!"

오히려 망신을 당하게 생긴 성우가 원망스럽다는 듯 태클을 걸었지만, 성진은 끄떡하지 않았다.

"괜찮아. 나는 저 둘과 사는 세계가 다르거든. 신지호는 우리 학교 얼짱과 친한 사이지만 나의 전투토끼 리븐은 모르겠지."

그 말을 들은 성우 엄마는 속 터지는 표정으로 한숨을 쉬었다.

시상식이 끝난 뒤에는 출장 뷔페 업체가 꾸민 만찬이 준비돼 있었다. 수상자들은 대개 가족들과 삼삼오오 모여 함께 식사를 했는데, 현수는 혼자 구석진 테이블에 자리를 잡았다.

접시를 든 채 멀찍이서 그를 바라보던 이지은이 지호에게 말했다.

"저쪽에 가서 먹자."

"네, 숙모."

지호는 이지은과 수열을 동반하고 현수가 있는 테이블로 가서 물었다.

"여기 앉아도 되죠?"

"아, 그래요."

현수는 접시들을 자신 앞으로 치우며 지호를 유심히 뜯어봤다.

'이런 어린애가 대상 수상자라니, 아무리 봐도 적응이 안 되네.'

가까이서 보니 더욱 믿기 힘들었다. 현수는 신기한 기분에 절로 호감을 품게 되었다.

"대상 수상자 맞죠? 나이도 어린데 대단하더라고요. 축하해요."

거리낌 없는 태도에 지호가 고개를 꾸벅 숙였다.

"감사합니다. 참, 반말하셔도 되요!"

"아, 그럴까요?"

씨익 웃어보인 현수는 아직 손대지 않은 음식들을 중앙으로 빼며 이지은에게 인사했다.

"안녕하세요. 김현수라고 합니다."

말투에서 자신감이 느껴졌다. 그의 인사를 받은 이지은은 초승달 같은 눈웃음을 그리며 물었다.

"아까 보니까 중영대학교 학생이라고요?"

"하하, 네. 이번에 입학합니다."

"축하해요. 명문인데."

두 사람의 대화를 들은 지호는 눈을 동그랗게 뜬 채 현수를 보았다. 일전에는 정신이 없어서 중영대학교란 사실을 미처 듣지 못했던 것이다. 중영대학교 연출과라면 이 분야에서 최고로 쳐주는 곳이었다.

"부러워요. 저도 나중에 가고 싶은데."

지호가 말하자 현수가 긍정적으로 답했다.

"충분히 가능할 것 같은데? 중학생 작품이라고 볼 수 없을 만큼 대단했어. 솔직히, 누군가 도와줬을 거라는 의심이 들었을 정도야."

"에이, 말도 안 돼요."

지호는 고개를 흔들었지만 입가에 미소가 맺히는 것만은 어쩔 수 없었다. 인사치레가 오간 후, 현수가 냅킨으로 입가를 닦으며 조심스럽게 운을 뗐다.

"그래서 말인데… 우리 수상자들끼리 합작으로 뭔가 하면 시너지 효과를 낼 수 있지 않을까? 요새는 드라마나 웹툰 쪽도 다들 힘을 합친다고 하던데, 같이 영화를 만들어 보면 어떨까 해서."

지호는 이지은의 눈치를 살피면서도 무척 들떴다.

"영화를 만든다고요?"

"응. 학기 중에 같이 각본을 만들고, 방학 때 만나서 촬영을 하는 거야. 너한테도 도움이 되지 않을까?"

"당연히 도움이 되겠죠!"

신이 나서 맞장구를 친 지호가 이지은에게 슬쩍 물었다.

"그렇죠, 숙모?"

"그렇겠지."

이지은은 편안한 얼굴로 현수와 지호를 번갈아 보았다.

"확실히 서로에게 도움이 될 것 같네요."

"거들어 주셔서 감사합니다."

가볍게 고개를 숙여보인 현수는 지호에게 시선을 옮기며 물었다.

"재밌을 거야. 곧 겨울방학이니까 그때부터 시작해 보자."

지호는 당장에라도 자리를 박차고 일어날 듯이 빨개진 얼굴로 만면에 웃음을 띠며 대답했다.

"감사해요, 현수 형!"

*   *   *

시간은 유수처럼 흘렀다.

지호는 중3 겨울방학 동안 현수와 함께 작업했다. 오늘도 두 사람은 노트북을 사이에 두고 24시 카페에 앉아 회의를 하고 있었다.

지호는 대략적인 줄거리가 담긴 시놉시스(Synopsis)를 써왔고, 이를 모두 읽은 현수가 진지한 표정으로 말했다.

"의원데? 촬영 감각이 뛰어나다는 건 공모전 때 찍은 환경 다큐 보고 익히 알았지만, 스토리텔링까지 수준급일 줄은 몰랐어."

그는 모니터에 반쯤 정신이 팔린 표정으로 덧붙였다.

"이건 손댈 게 없네. 내가 스토리 라인 그대로 살려서 트리트먼트(Treatmen)를 만들어 볼게. 트리트먼트는 본편을 쓰기 전, 시놉시스 다음 단계야. 훨씬 구체적인 줄거리로 구성되지."

설명을 들은 지호는 홍조를 띠며 고개를 끄덕였다. 그는 몹시 흥분된 표정이었다.

"트리트먼트? 그거, 저도 보여주세요!"

"당연하지. 우린 비즈니스 파트너잖아?"

현수는 지호에게 씨익 웃어 보이며 어깨를 두드렸다. 그는 이어서 가방을 뒤적이더니 비닐 파일을 건넸다.

"트리트먼트를 써올 때까지 여기 적힌 추천 도서 좀 읽고 있어. 연출과 입시 볼 때 권장 도서 목록이야. 그리고 별도로 내가 작법에 관해 도움이 됐던 책 몇 권 빌려줄게."

현수는 가방이 요술 램프라도 되는 듯 무척 두툼한 책 여러 권을 주섬주섬 꺼내두었다. 지호는 가방 안을 의심스러운 눈빛으로 바라보며 혀를 내둘렀다.

"더 있어요?"

피식 웃은 현수가 고개를 내저었다.

"무슨 끔찍한 소릴? 노트북에 책까지 들고 온다고 어깨 빠지는 줄 알았다. 이것만 다 보는 데도 몇 달은 걸릴 거야."

"감사해요, 형. 이렇게까지 해주시고."

"아니야. 책은 내가 다 본 것들이니까 편할 때 돌려주면 돼. 그렇잖아도 중고 서점에 넘기려 했는데, 주인 만났네."

시원한 대답을 들은 지호는 실실 웃으며 여섯 권이나 되는 책을 날름 챙겼다. 무척 좋아하는 그를 뿌듯하게 바라보던 현수가 문득 무언가 생각난 듯 손목시계를 확인했다.

"지호야. 미안한데 형 먼저 가도 될까?"

"아, 약속 있어요?"

지호가 아쉬운 기색을 보이자 현수는 미안한 얼굴을 했다.

"아니, 그런 건 아니고. 내일 오리엔테이션 겸 새내기 배움터라고, 입학하기 전에 선배들이랑 친해지는 행사가 있어서… 준비하려면 일찍 들어가 봐야 할 것 같아."

"네, 형. 그럼 어쩔 수 없죠. 또 연락드릴게요!"

지호는 미련을 버리고 고개를 꾸벅 숙였다.

이내 노트북을 집어넣고 테이블을 정리한 현수가 먼저 일어났다.

"넌 안 가?"

그 물음에 지호가 어색하게 웃으며 커피 잔을 손가락으로 쿡쿡 찔렀다.

"전 책도 좀 읽어보고, 다 마시고 갈게요."

"그래. 조만간 또 보자."

현수는 대수롭지 않게 답하며 카페를 떠났다.

혼자 남은 지호는 반짝이는 눈동자로 책을 펼쳤다. 그는 인상 깊은 쪽수를 섬광 기억 능력으로 찍어두며 한 장, 한 장 주의 깊게 읽어 내렸다.

한 시간쯤 지났을까? 커피 잔을 모두 비운 지호는 책을 챙겨서 일어났다. 비록 현수는 자신이 빌려준 책을 읽는 데만도 몇 달이 걸릴 거라고 했지만, 섬광 기억을 잘만 활용하면 금세 더 많은 지식을 수용할 수 있을 것 같았다.

'섬광 기억으로 책의 내용을 모조리 이미지화시켜 둔 다음,

연관성 있는 부분끼리 연결해서 틈 날 때마다 들춰보는 거야.'

마음 먹은 지호는 바로 현수가 적어준 권장 목록을 사러 근처 대형 서점으로 발걸음을 옮겼다. 서점에 도착한 그는 '영화·예술'이라고 분류된 곳에서 마음에 드는 책을 몇 권 뽑아 품에 간신히 안아들었다. 그리고 계산대로 향하던 중, 낯선 사람과 툭 부딪혔다.

"아!"

뾰족한 음성이 들려왔다. 지호가 앞을 바라보자 아기 고양이처럼 커다란 눈망울을 가진 여자가 서 있다. 그녀는 미간을 찌푸리다 말고 눈을 치켜떴다.

'엄청 잘생겼잖아?'

지호 역시 여자에게서 눈을 떼지 못했다. 관자놀이 핏줄이 투영되는 맑은 피부 톤과 긴 속눈썹이 청초해 보였다. 그녀의 미모에 잠시 넋을 놓았던 그는 정신을 번쩍 차리며 입을 열었다.

"죄송해요."

지호가 몸을 돌려 한 발짝 걸음을 떼려는데, 부드러운 손길이 어깨에 닿았다.

'뭐지?'

그가 돌아보니 좀 전에 부딪혔던 여자가 서 있었다.

"…무슨 일이시죠?"

"그 책. 혹시 저한테 팔 수 없을까요? 책값은 두 배… 아니, 원하는 대로 드리죠."

여자의 시선은 맨 위에 올려져 있는 책, '시나리오 읽는 법—배우 편, 감독 편'을 가리키고 있었다. 뜬금없는 부탁을 하면서도 대뜸 가격부터 제시하는 그녀를 접한 지호는 황당했다.

"죄송해요. 저도 봐야 할 책이라서."

지호가 거절했으나 여자는 포기하지 않고 말했다.

"아니, 딱 하루면 돼요. 전공 서적인데 인터넷이나 서점 모두 절판됐거든요. 방금 조회해 보니까 여기도 한 권뿐이었어요."

그녀의 초조한 표정에서 간절함이 묻어났다.

물론 그렇다고 지호가 생면부지(生面不知) 여자에게 책을 빌려줄 의무는 없었다. 상쾌한 아쿠아키스 향수 향을 풍기는 어여쁜 여대생의 부탁을 받고 본능적인 갈등에 빠졌을 뿐이다.

'어차피 더 많은 사람이 보면 이 책을 쓴 작가한테도 뜻 깊은 일 아니야?'

가볍게 합리화한 지호가 입을 열었다.

"좋아요. 잠시만 기다리세요."

대담한 지호는 나머지 책을 내려두고 '시나리오 읽는 법—배우 편, 감독 편'을 펼친 뒤 우두커니 서서 책장을 빠르게 넘겼다. 그 모습이 여자의 눈에는 미련을 못 버리고 책 속 내용을 훑는 것처럼 보였다.

'뭐하는 거야? 어차피 저 많은 책을 하루 아침에 다 읽을 수도 없을 텐데.'

지호는 섬광 기억을 통해 책 한 권을 사진처럼 기억 속에 각인시키는 작업 중이었다. 단번에 이토록 많은 양을 찍어내는 건 처음이었고, 그만큼 무리한 일이었다. 그는 한순간 정신이 아득해지자 몸을 휘청거렸다.

순간 화들짝 놀란 여자가 물었다.

"저기, 괜찮아요?"

"아… 네! 별거 아네요."

지호 자신도 적잖이 놀랐으나 애써 둘러대며 책을 덮었다. 아무리 신통한 섬광 기억 능력이라도 단번에 모두 이미지화시키는 건 무리였던 것이다.

'괜히 오버할 필요는 없지.'

생각한 지호가 책을 건네며 물었다.

"저도 꼭 필요한 책이라서… 정말 내일까지 돌려주실 수 있죠?"

여자는 고개를 세차게 끄덕였다.

책이 그녀에게 완전히 넘어가기 전, 지호는 돌려받을 시간과 장소를 정확히 명시했다.

"그럼 내일 오후 여섯 시에 서점 건너편 카페에서 주세요."

"알겠어요."

대답을 들은 지호가 책을 잡은 손아귀 힘을 풀었다.

마침내 원하던 책을 손에 넣은 여자가 은근슬쩍 물었다.

"그냥 저한테 팔지 그래요?"

참 뻔뻔하다.

지호는 걸러들지 않고 단호하게 대답했다.

"미안하지만 안 돼요."

아쉬운 눈빛으로 품속의 책을 보던 여자는 마지못해 고개를 끄덕였다.

"…알겠어요. 내일까지 가져다드리죠."

그녀가 먼저 자리를 뜨자 지호는 불쑥 의문이 생겼다.

'수업 때 필요한 책이면 같은 반 친구들한테 빌리면 되는 거 아닌가?'

하지만 이내 여자의 특이한 성격을 떠올린 그는 고개를 저었다.

"빌릴 친구가 없나 보지, 뭐."

*   *   *

집에 돌아온 지호는 서재현의 서재로 갔다. 두 사람은 여느 때처럼 편집되지 않은 상태의 메이킹 필름을 보면서 이런저런 대화를 나누었다. 현역 시절부터 보관해 뒀던 필름 감상을 마친 서재현이 물었다.

"학교가 어디랬지?"

"두림예고 연출과예요."

지호는 덧붙였다.

"기숙사도 있더라고요."

서재현은 어느 정도 대답을 예상하고 있었던 것처럼 물었다.

"입학하게 되면 쭉 기숙사 생활을 할 생각인 게냐?"

"네. 그렇게 될 것 같아요. 이미 합격한 상태고, 이번 레벨 테스트에서 수석까지 노려볼 생각이에요. 수석 입학자에게는 학비, 숙식비, 교복까지 모두 무료로 제공한다고 나와 있었거든요."

"알차게 준비하고 있구나. 숙모한테는 말했고?"

"물론이죠. 수열이도 알고 있는 걸요?"

"내가 제일 늦게 알았구나."

서재현은 섭섭한 기색을 숨겼지만 티가 났다. 그는 잠시 동안 생각에 잠기더니 불쑥 서랍에서 통장 여러 개를 꺼냈다. 그다음 전혀 예상치 못한 말을 했다.

"여기에는 네 아버지, 어머니가 남긴 유산이 들어 있다. 네명의로 되어 있지."

지호가 움찔 떨었다.

그를 주시하던 서재현이 덧붙였다.

"이 외에도 네게 남긴 재산이 더 있지만 성인이 된 후에 말해주는 편이 좋겠다고 생각했다. 하지만 이제는 집 떠나 생활하게 됐으니 네게 선택권을 줘야겠다는 생각이 든다."

"나중에 말씀해 주세요."

즉시 대답한 지호는 몸을 움츠리며 고개를 숙였다.

한편 이런 반응을 어느 정도 예상했던 서재현은 창문을 열고 담배를 꺼내 물었다. 느긋하게 기다려 주려는 것이다. 치이익― 담뱃불 붙는 소리에 지호가 입을 열었다.

"삼촌, 제가 없는 동안… 부모님 잘 부탁드려요."

대답 없이 지호를 빤히 바라보던 서재현이 고개를 돌려 창밖으로 뿌연 담배 연기를 내보냈다. 육안으로 보이는 언덕 위, 한 쌍의 부부를 고이 모셔둔 영생목(永生木) 한 그루가 보였다.

"걱정 말거라."

서재현은 무뚝뚝하게 말했다. 꾸벅 인사한 지호가 서재를 나갈 때까지도, 그는 하염없이 창밖만 바라볼 뿐이었다.

　　　　　　*　　　　　*　　　　　*

지호는 다음 날 새벽 헤이리 집을 나섰다. 두림예술고등학교 가 위치한 서울 송파구까지는 대중교통으로 무려 세 시간이 넘는 거리였기 때문에 일찌감치 출발한 것이다.

"오! 춥다."

새하얀 입김이 뿜어졌다. 2월 중순의 차가운 공기를 피부로 쐬며 정신을 차린 지호는 버스를 타고, 지하철과 버스를 다시 갈아탄 후에야 목적지에 도착할 수 있었다.

두림예술고등학교 정문에서 손목시계를 봤을 땐 정확히 오 전 7시 30분. 시험 시작은 8시 정각이었다.

'아슬아슬했네!'

지호는 설레는 마음을 안고 주위를 둘러봤다. 그런데 익숙한 얼굴이 멀리서부터 걸어오고 있었다. 마찬가지로 눈에 익은 걸 음걸이였다.

"정성진?"

그의 목소리를 들었는지 성진이 손을 흔들어 보였다.

"지호! 너도 두림예고에 지원했군."

지호가 반갑다는 듯 활짝 웃었다.

"이야, 반갑다. 우리 중학교에선 나 혼자 온 줄 알았는데."

그는 운동장을 곁눈질했다. 가지각색의 교복을 입은 학생들이 보였는데, 대부분 같은 학교끼리 삼삼오오 모여 있었다.

바로 옆에서 서서 그들을 바라보던 성진이 말했다.

"난 애니메이션과인데, 너는 무슨 과?"

"난 연출. 그나저나 빨리 들어가자, 늦겠다!"

지호는 성진의 어깨에 팔을 두르며 걸음을 옮겼다. 두 사람이 향하는 구령대 앞에는 두림예고 교복을 입은 재학생들이 각 과의 팻말을 들고 서 있었다. 연기, 뮤지컬, 무용, 실용음악, 패션모델, 연출, 애니메이션. 제법 다양했다. 그중 '연기과' 앞에 모인 학생들의 시선이 예사롭지 않았다. 심지어 누군가는 수군대기 시작했다.

"보나마나 우리 과겠지?"

"망했다. 안 그래도 경쟁률 높은데."

"저 정도 비주얼이면 올 킬 아니야?"

"야, 연기 발로 해도 붙겠다."

"혹시 몰라, 모델과일지도."

이미 모여 있던 학생들끼리 지호를 살피며 경계했다. 아무래도 그들은 지호가 외향적인 학과일 거라고 확신하는 추세였다. 그러나 정작 지호나 성진은 그들이 뭐라고 떠들든 전혀 신경 쓰지 않고 자신이 학과를 찾아갔다.

"또 보자."

지호가 말하자 성진이 고개를 끄덕였다. 두 사람은 각자 흩어졌고, 지호는 '연출과' 팻말 앞에 서게 됐다.

"에? 연출과?"

"저 얼굴에? 저 옷발에?"

다들 쉬쉬하지만 지호 귀에는 선명하게 들렸다. 헤이리에 있을 때도 숱하게 겪었던 일이기에 그는 모른 체하고 말았다. 그러나 꼬리를 물고 퍼진 작은 소요는 팻말을 든 재학생들에게까지 번져나갔다.

"아! 딱 내 스타일인데. 아깝네."

"웃겨! 남자 스타일 신경 쓰기 전에 네 패션 스타일이나 신경 쓰지?"

'모델과' 팻말을 들고 있는 큰 키의 여학생이 비꼬자 '연기과' 팻말 아래 서 있는 예쁘장한 여학생이 마주 쏘아봤다.

"모델과 많이 컸다?"

두 여학생의 살벌한 분위기를 뒤로하고, 다른 과 팻말들이 움직이기 시작했다.

"실용음악— 실용음악— 이쪽으로 따라오세요!"

"뮤지컬과— 이동하겠습니다!"

"무용과는 조금 떨어진 건물로 움직일게요!"

"애니메이션과도 출발합시다!"

그중에는 연출과도 포함되어 있었다.

"연출과 인원 체크 끝났습니다. 이동할게요!"

크게 외친 재학생이 선두에서 안내하자 지호는 줄지은 학생들 맨 끝자리에서 따라갔다. 이내 '실기 고사장'이라고 붙어 있는 교실로 들어간 그들은 자유롭게 자리에 착석했다. 모두가 초조한 표정을 짓고 있는 그때, 교실 안으로 삼십 대 중반쯤 되어 보이는 교사가 들어섰다.

"반갑습니다. 전 두림예고 연출과 학과장 배기영입니다. 오늘 최종 실기 고사는 여러분이 앞으로 어떤 반에 들어갈지 결정하는 레벨 테스트입니다. 그렇지만 규율은 엄격합니다. 떠들어도 퇴장, 핸드폰 제출 안 해도 퇴장, 커닝을 하다 걸려도 퇴장입니다. 이 점 유의하고, 좋은 결과 있길 바랍니다."

배기영은 짙은 눈썹과 뚜렷한 이목구비, 우람한 체격과 잘 어울리는 무뚝뚝한 음성을 가진 남자였다. 그는 들어올 때부터 가지고 있던 시험지 뭉텅이를 풀어 교탁에 탕, 탕! 두드린 후 맨 앞줄의 학생들에게 배부했다. 시험지를 받은 학생들이 뒤로 전달했다. 머지않아 지호의 책상 위에도 같은 시험지가 놓였다. 그리고 마침내, 배기영이 통보했다.

"시험 시간은 한 시간입니다. 먼저 끝난 사람은 시험지를 교탁 위에 뒤집어서 올려두고 조용히 나가서 집으로 귀가하면 됩니다."

지호는 시험지에 나와 있는 문제를 응시했다.

첫 번째 문항은 가장 감명 깊게 봤던 영화 내용을 세 줄로 요약해 쓰는 것이었다. 또한 두 번째 문항은 운문, 세 번째 문항은 산문을 쓰라고 나와 있었다.

고등학교 실기 고사라 그런지 생각 외로 전문적인 지식은 필요치 않았다.

'긴장했는데 별거 없네.'

도전적으로 웃은 지호는 볼펜을 잡고 시험지를 채워나가기 시작했다.

사각, 사각.

볼펜 끝이 시험지를 스치는 소리부터가 남달랐다. 막힌 댐이 터진 것처럼 글자들이 술술 쏟아졌다. 파도처럼 몰아치는 문장력으로 퍼즐 맞추듯 스토리텔링을 해나갔다.

일련의 과정이 마법처럼 이루어졌고 지호는 최종 실기 고사가 시작된 지 이십 분만에 마침표를 찍었다. 그는 가장 먼저 일어나 시험지를 제출하고 교실을 유유히 빠져나갔다.

한편 시험지를 들고 읽어 내리던 배기영은 황당한 얼굴로 교실 문을 쳐다봤다. 그의 눈빛은 놀람을 담고 있었다.

'쟨 뭐하는 애지?'

Chapter 4
악연, 아니면 필연

사십 분 후 최종 실기 고사 마감을 알리는 종이 울렸다.

시험 감독관으로 참석한 배기영은 학생들에게 걷은 시험지 뭉치를 들고 교무실에 있는 교무행정사를 찾았다.

"선생님, 이번에 입학 지원한 신지호라는 학생 원서랑 포토폴리오 좀 뽑아주세요."

그 주문에 따라 삼십 대 주부인 교무행정사가 능숙하게 프린트를 뽑아왔다. 그녀는 두 가지 서류를 넘기며 놀란 표정으로 물었다.

"이야, 열여섯 살 때 파주시 지역 홍보 영상 공모전에서 대상을 탔었네요? 그런데 이 학생은 갑자기 왜……?"

"평범한 애는 아닌 것 같아서요. 20분 안에 시험지를 제출하고 나가 버리더라고요."

"20분이요?"

배기영은 고개를 끄덕이며 건네받은 서류를 유심히 살폈다.

"글 쓰는 솜씨가 보통이 아니라서 놀랐는데, 카메라도 잘 다루나 봅니다. 시청에서 주관한 거라면 규모가 꽤 큰 공모전인데."

중얼거린 그는 궁금한 눈빛을 보내는 교무행정사에게 지호의 시험지를 보여주었다. 그리고 이내 교무행정사의 입에서도 감탄이 흘러나왔다.

"감상문, 운문, 산문… 색깔이 다 다르네요. 전공자가 아닌 제가 보기에도 생각이 참신하고 문체가 유려해요."

배기영은 고개를 끄덕이며 손가락을 말아 지호의 입학 원서를 톡톡 쳤다.

"여기 보면, 중학교 내신 성적까지 우수해요. 매년 수석 입학자가 나오지만 이런 녀석은 오랜만입니다."

*   *   *

최종 실기 시험을 첫 번째로 마친 지호는 약속한 시간보다 십 분 일찍 커피숍에 도착했다. 구석구석 돌아봐도 어제 만났던 여자 같은 미인은 보이지 않았다.

'아직 안 왔나 보네.'

지호는 따뜻한 핫 초코 한 잔을 주문해 출입문이 보이는 창가 쪽 모퉁이에 자리를 잡았다. 그는 가방에서 현수에게 빌린 작법에 관한 책 한 권을 펼쳤다. 그리고 벽걸이 시계의 분침이 여섯 시 십오 분을 넘길 때 즈음, 카페의 출입문이 열렸다.

딸랑, 딸랑—

실내로 들어선 여자는 주위를 두리번거리고 있었다. 그녀를 발견한 지호는 잠시 시야가 환해지는 느낌을 받았다. 동시에 어제 보여준 뻔뻔한 태도가 떠올랐다.

'다시 봐도 예쁘네.'

이내 지호를 발견한 여자가 성큼성큼 다가와 맞은편에 떡하니 앉았다. 그녀는 손목시계를 보더니 대수롭지 않게 말했다.

"좀 늦었네? 책은 고마워요."

짧게 인사한 여자가 핸드백에 손을 집어넣었다. 그러나 딸려 나온 물건은 빌려간 책이 아닌, 그녀의 휴대폰이었다.

지호가 눈을 동그랗게 뜨고 물었다.

"제 책은……?"

"안 그래도 그 말 하려던 참이었어요. 하루만 더 빌려주면 안 될까요? 저보다 서점에 조금 일찍 도착했을 뿐이지, 그 책에 침 발라놓은 것도 아니잖아요?"

"뭐라고요?"

지호가 눈살을 찌푸렸지만 그녀는 태연하게 말을 돌렸다.

"아, 더워. 그나저나 이름이 뭐예요? 저는 유나예요, 최유나."

"전 신지호에요. 여튼, 약속했으면 돌려주셔야죠."

"나보다 어린 것 같은데 몇 살이에요? 고등학생?"

"네. 열일곱 살인데요."

"흐음."

그를 빤히 바라보던 유나가 휴대폰을 내밀었다.

"번호 좀 줘봐요. 고등학생 용돈으로는 구경도 못할 비싼 밥 한 끼 살 테니까."

"빌려간 책은 반납하지 않고요?"

"하루만 더 빌려줘요. 하루 더 빌린다고 큰일 나는 것도 아닌데. 아니면 팔아도 좋고요."

그녀의 뻔뻔함은 점점 더해갔다. 이쯤 되자 완전히 얼굴을 구긴 지호가 딱 잘라 말했다.

"저 돈 많아요. 지금 주세요. 당장."

"못 줘요."

"하, 그냥 좀 주시죠?"

"지금 나한테 없거든요."

"뭐라고요?"

"제본 떠났고, 내일 찾으러 가요."

지호는 기가 찼다.

'옛말에 남자는 여자를 조심해야 한다더니.'

그는 기분이 상해 말했다.

"화장실 들어갈 때랑 나올 때가 다르다더니. 딱 그쪽 얘기네요."

충분히 그럴 수 있다는 듯 고개를 주억거린 유나가 하얗고 앙증맞은 손의 엄지와 약지만 펼쳐 내밀었다.

"대신 내일까지 꼭 가져다줄게요. 약속! 전 한국예술대학교 연기과 1학년이에요. 혹시라도 제가 책을 돌려주지 않으면 찾아올 수 있죠?"

지호는 이번 만남이 종결되면 다신 그녀와 얽히지 말아야겠다고 다짐하며 나직이 한숨을 쉬었다.

'완전 악연이구만.'

결국 별수 없이 고개를 끄덕인 그가 탁자 위에 올려둔 그녀의 휴대폰을 가져가며 답했다.

"책 찾으면 여기 제 번호로 연락주세요."

그날 저녁, 유나에게서 연락이 왔다. 의외로 빠른 소식이었다.

"여보세요?"

─책 돌려줄 사람인데요.

"아하!"

지호가 반가워하려는 찰나.

유나가 말했다.

─제가 공연 일정 때문에 당분간 학교 밖으로 나가기가 힘들거든요? 주소 좀 불러주세요.

지호는 황당했다.

'그럼 밥은? 밥 산다며?'

처음부터 예뻐서 빌려준 것인데, 그림자도 못 밟아보고 시간만 까먹은 셈이 됐다.

'똥 밟은 셈 치고 참자.'

고개를 절레절레 저은 지호가 수화기에 대고 두림예고에서 온 우편물에 붙어 있는 운송장 스티커의 주소를 읽어주었다.

"서울특별시 송파구 장지동 두림예고 기숙사……."

*   *   *

얼마 후, 지호의 수석 통보를 받은 이지은은 식구들이 한데 모여 축하할 수 있는 자리를 만들었다.

모두 둘러앉자 가장인 서재현이 먼저 입을 열었다.

"수석 입학을 축하한다. 이제 집 밖에서 생활하게 됐구나."

"네, 삼촌. 너무 걱정 마세요."

지호는 고개를 돌렸다. 그의 시선이 닿는 곳에 수열이가 눈물을 펑펑 흘리며 서럽게 울고 있었다.

"으… 흑흑! 끅… 끄으."

'…생각했던 것보다 격한 반응이네.'

지호는 피식 웃었다. 떠나는 자신을 위해 눈물을 흘려주는 이가 있다는 건 썩 기분 좋은 일이었다.

한편 이지은이 수열의 머리통을 껴안으며 달랬다.

"주말이나 방학 때면 자주 올 텐데 왜 울고 그래? 괜찮아. 아예 떠나는 거 아니야. 그렇지?"

그녀가 한쪽 눈을 찡긋하며 지호에게 동의를 구했다. 부정했다가는 날이 새도록 수열의 울음소리를 들어야 할지도 몰랐다. 따라서 지호는 어색하게 웃으며 대답했다.

"물론이죠, 하핫."

미소를 간직한 채 식구들을 바라보고 있던 서재현이 막 생각난 듯 이지은에게 고개를 돌렸다.

"참, 그리고 당신. 식사 마치고 잠깐 이야기 좀 합시다."

"네, 그래요."

이후에도 화기애애한 식사시간이 계속됐다. 자리가 정리될 때쯤, 지호가 설거지를 하러 일어나는 이지은에게 말했다.

"쉬세요, 숙모. 제가 정리할게요."

"나도, 나도!"

수열이 거들겠다고 나섰다.

두 아이를 보며 이지은은 살며시 미소를 지었다.

"그럼 부탁 좀 할까?"

흔쾌히 설거지를 맡긴 그녀는 서재현과 함께 서재로 갔다. 이내 소파에 앉은 서재현이 입을 열었다.

"이제 학교 측에서 지호 정보 열람할 수 있을 거야. 담임 선생님한테 미리 얘기해서 괜한 소문 안 나도록 당부해 놓아야겠어."

맞은편에 앉은 이지은 역시 동의했다.

"그럴게요."

서재현이 말하는 '괜한 소문'이란 지호의 부모에 관한 것이었다. 사고로 세상을 떠난 지호의 부모는 모르는 사람이 없을 만큼 유명한 작가, 여배우였다. 그 사실이 알려지면 주목받을 테고, 모두가 자연스럽게 지호의 속사정까지 알게 될 터였다. 지호가 처음 왔을 때를 생각하자 기분이 착 가라앉은 이지은은, 화제를 전환하며 분위기를 환기시켰다.

"그나저나 애들 교복 사면서 책가방이랑 학용품, 옷도 몇 벌 사줘야겠어요."

"그래야지."

"수열이는 지호 따라 두림예고 간다고, 연기 학원 등록해 달라고 하더라고요."

"하고 싶은 건 해봐야지."

서재현의 말을 들은 이지은이 짧게 한숨을 내쉬며 탁자 위 가계부를 펼쳐 보였다.

"여보… 우리 애들이 돈을 많이 안 잡아먹는 편이긴 하지만, 클수록 점점 지출이 늘어갈 거예요. 그동안은 모아둔 돈으로 살았지만 그마저도 슬슬 동이 나고 있고요. 이제 애들도 컸고 노후 대비도 할 겸, 저나 당신 중 한 사람 정도는 일을 다시 시작해야 할 때예요."

그 말을 들은 서재현은 가계부에 적힌 숫자들이 영 불편한지 창가로 몸을 피하며 담배를 한 대 물었다.

"내가 출강하면 돼. 들어오는 일거리가 많이 줄긴 했지만, 그래도 아직 학기별 시간강사 자리 정도는 만들 수 있어."

"괜찮겠어요?"

이지은은 걱정스레 물었다. 서재현의 명성을 감안했을 때, 대학교 시간강사를 한다는 소문이 퍼지면 업계 후배들에게 손가락질을 당할 수도 있었다. 그러나 서재현은 대수롭지 않게 대답했다.

"너무 오래 쉬었어. 이제부터라도 다시 경력을 쌓아야 하지 않겠어?"

잠시 후 그가 덧붙였다.

"다시 영화를 찍을 순 없으니까. 분명 엉망이 될 거야."

서재현에게는 전작들로 인한 부담이 있었다. 다시 영화에 손을 못 대는 것도 그런 이유였다. 트라우마를 딛고 일어나기에 그는 너무 오래 쉬었고, 기력을 잃은 상태였다.

그 점을 누구보다 잘 알고 있는 이지은은 더 이상 캐묻지 않았다. 가장 고통스러운 건 누구도 아닌 자신의 남편일 것이기 때문이다.

"저길 다 찾은 걸 보면 내일 떠나긴 하나 봐요."

그녀의 시선은 서재현 어깨너머 창밖에 머물고 있었다. 그 눈길을 쫓던 서재현이 고개를 끄덕였다.

"그래서 인사하나 보군."

두 사람이 바라보는 영생목 앞. 지호가 쌀쌀한 밤바람을 맞으며 망부석처럼 서 있었다.

*　　　　*　　　　*

지호의 기숙사 입소일.

교무행정사는 행정정보공동이용시스템을 통해 정보를 차례로 열람하며 특이한 가정환경을 가진 학생들을 분류했다. 그다음 내용을 요약해 보고서로 작성하는 중이었다. 처음에는 즐겁게 임했지만 학생 수가 세 자리를 넘어가자 지루함이 밀물처럼 밀려들었다.

"휴, 대체 언제 끝나?"

그녀는 탄식하면서도 다음 학생의 정보를 클릭했다. 순간 모니터를 응시하던 멍한 눈동자에 이채가 감돌았다.

"배 선생님! 이것 좀 보세요."

"무슨 일 있습니까?"

배기영이 다가와서 책상을 손으로 집고 섰다. 눈으로 모니터를 훑던 그는 나직이 침음했다.

"허……."

학생의 호적등본에 부모가 모두 망(亡)이라고 표시돼 있던 것이다. 부모의 이름을 확인한 그는 다시 한 번 놀랄 수밖에 없었다.

'신명일, 김희수?'

자연스럽게 몇 년 전 대한민국을 떠들썩하게 만들었던 사고가 떠올랐다.

'신지호가 그들의 아들이라니.'

교무행정사와 배기영이 놀란 눈빛을 교환하고 있는 사이, 한 중년 여성이 우아하게 걸으며 교무실 안으로 등장했다. 바로 이지은이었다.

"실례지만 1학년 3반 담임 선생님이 어느 분이시죠?"

배기영이 손을 들며 대답했다.

"제가 1학년 3반 담임입니다만. 어떻게 오셨습니까?"

"안녕하세요. 저는 신지호 학생의 학부형입니다."

"신지호 학생이요……."

그는 말을 길게 늘어뜨리며 모니터에 떠 있는 지호의 호적등본을 다시 한 번 보고 이지은에게로 시선을 돌렸다.

"이쪽으로 오시죠."

배기영이 그녀를 안쪽 접객실로 안내했다. 티 테이블에서 뜨거운 물을 받아 녹차 티백을 얹어 대접한 그가 맞은편에 앉으며 입을 열었다.

"어쩐 일로……?"

"네, 이미 짐작하셨겠지만 지호는 위탁 가정에 맡겨진 케이스예요. 오래전, 저희 부부가 지호를 위탁받게 됐죠."

배기영이 잠자코 있자 이지은이 말을 이었다.

"그 애를 낳은 부모님은 유명한 사람들이었어요. 이 사실이 알려지면 그 애는 세간의 눈총을 받게 될 거예요. 이러한 상황들을 걱정하고 있습니다."

그녀가 자신을 찾아온 이유를 파악한 배기영은 고개를 저으며 대답했다.

"아주 개인적인 부분입니다. 저는 절차상 확인할 수밖에 없는 입장이었지만, 지호가 자기 입으로 말하지 않는 이상 다른 사람들에게는 알려지지 않을 겁니다. 그러니 마음 놓으셔도 됩니다."

이지은은 배기영과 몇 마디 안 해봤지만 믿음이 갔다. 차분한 음성과 듬직한 체격이 절로 믿음을 주었기 때문이다. 그녀는 고개를 살짝 숙이며 말했다.

"우리 지호 잘 부탁드립니다."

*　　　　*　　　　*

서재현은 오랜만에 까칠한 수염을 밀고 정장을 차려입었다. 단정하게 동여맨 검은색 보타이는 아내 이지은의 선택이었다. 그는 복도를 걸으며 자신을 강단으로 이끈 순간을 회상했다.

─그동안은 모아둔 돈으로 살았지만 그마저도 슬슬 동이 나고 있고요. 이제 애들도 컸고 노후 대비도 할 겸, 저나 당신 중 한 사람 정도는 일을 다시 시작해야 할 때에요.

그날부터 서재현은 다시금 가장의 책임에 충실하기로 마음먹었다. 그러나 한편으로는 도살장에 끌려가는 소처럼 절망적인 심정을 떨쳐낼 수가 없었다. 자신은 여지껏 영화를 가르칠 수 없다고 믿어왔기 때문이다.

'이 광범위한 작업을 어디부터 어떤 문장으로 말해야 할까?'

강의실 문을 열기 직전까지도 그는 혼란스러웠다. 토악질이 나올 것처럼 속이 메스꺼웠다. 초조할 때마다 버릇처럼 겪는 현상이었다. 그럼에도 어느새 손은 강의실 문을 밀쳐내고 있었다.

"와아아!"

학생들의 환호성에 정신이 아찔하더니, 머리가 어질어질 해졌다.

'나도 이제 늙었군.'

서재현은 강단에 올라 기대로 얼룩진 학생들의 면면을 살펴보았다. 비록 은퇴했다지만, 그는 영화계에서 스무 작품 이상의 수작을 만들어낸 장본인이었다. 그동안 대한민국 최고의 배우들과 수차례 작업했다. 이곳 학생들이 보기에 서재현은 그들이 열망하는 꿈길을 걸어본 우상인 것이다.

잠시 침묵을 지키던 서재현이 입을 열었다.

"반갑습니다. 정말 오랜만에 강단에 서봅니다. 아무것도 몰랐던 철부지 시절에는 내가 영화를 잘 안다고 교만했었지만, 지금은 다릅니다. 제게는 애석하게도 정해진 대답이 없습니다."

처음만 해도 뜨겁게 술렁이던 학생들은 금세 조용해졌다. 동시에 그가 차분하게 말을 이었다.

"영화를 만들고 싶다면 무작정 카메라를 들고 밖으로 나가세요. 영화에 대한 모든 것은 현장에 있습니다. 제가 해줄 수 있는 것은 현장에서 경험해 왔던 이야기들 정도입니다. 그런 의미에서 오늘은 여러분의 질문들만으로 수업을 진행해 보도록 하겠습니다."

이후 두 시간 동안 답변 시간이 이어졌다.

팽팽한 줄다리기가 끝날 때 즈음 서재현은 녹초가 되어 있었다. 그는 마무리로, 학교 측과 상의된 내용을 공지했다.

"이번 학기 첫 번째 과제입니다. 다다음 주까지 단편영화제작 기획안을 약식으로 제출하세요. 기획안 양식은 제작 예산,

스태프 명단, 시놉시스, 트리트먼트까지입니다. 심사는 제가 직접 하며, 기획안들 중 하나를 선택해 여름방학 동안 영화제 출품용으로 촬영하게 될 예정입니다. 물론 제작비 전액은 학교 측에서 지원합니다."

파격적인 제안을 들은 학생들은 흥분한 얼굴로 세상이 떠나가라 환호성을 내질렀다.

그중에는 현수도 끼어 있었다.

'이번 기회만 잡으면 내 힘으로 영화를 만들 수 있어……!'

입학하고 처음 온 기회였다. 더구나 그가 개인적으로 가장 존경하는 국내 영화감독, 서재현이 직접 주관하는 것이었다.

'절대 놓칠 수 없지.'

굳게 결심한 현수는 단편영화제작 기획안에 들어갈 시놉시스, 트리트먼트를 구상했다. 하루, 이틀, 일주일… 시간은 빠르게 흘렀지만 머릿속은 제자리걸음이었다. 그는 머리카락을 쥐어뜯으며 담뱃불을 재떨이에 비벼 꺼뜨렸다.

"후. 돌아버리겠네."

길게 한숨을 내쉬는 현수의 머리에는 까치집이 여러 개 생겼다. 거뭇거뭇한 수염도 지저분하게 자라나 있었다. 그는 퀭한 눈으로 방바닥에 굴러다니는 파지(破紙)들을 보며 주문을 외우듯 중얼거렸다.

"도저히… 이 이상 안 나와."

문득 거울을 본 현수는 자신의 모습이 노숙자처럼 초라하게 느껴졌다.

나름대로 씻고 면도를 한 뒤 벽걸이 시계를 확인했다.

'휴, 시간이 다 됐군.'

누군가를 만날 기분이 아니었지만, 약속을 펑크 낼 수는 없었다. 결국 그는 주기적으로 지호와 만나는 24시 카페로 걸음을 옮겼다.

"어서 오세요!"

모임 장소에 도착한 현수는 종업원들의 인사를 받으며 먼저 와 있는 지호에게로 갔다.

"형……!"

지호가 몸을 일으키다 말고 화들짝 놀랐다. 며칠 새에 얼굴색이 누렇게 뜬 현수의 몰골을 본 것이다. 자신의 모습을 짐작한 현수가 힘없이 웃으며 맞은편에 앉았다.

"골방에 갇혀서 구상만 해대다 보니 꼴이 이 모양이야. 좀 이해해 주라."

"에이, 아니에요."

지호는 그를 훔쳐보며 속으로 생각했다.

'우와. 한순간에 사람 인상이 바뀔 수가 있구나. 이게 말로만 듣던 창작의 고통이란 건가?'

안쓰러운 마음도 들었지만 신기한 느낌이 더 강했다. 자신도 겪어야 할 일이라고 여겼기 때문이다.

한편, 현수는 지호 눈치를 살피며 조심스럽게 입을 열었다.

"사실 오늘 써오기로 한 트리트먼트, 과제가 생겨서 못 써왔어."

현수는 잔뜩 미안한 표정으로 말했지만, 지호의 반응은 뜻밖에도 밝았다. 지호는 전혀 실망하지 않고 오히려 반색했다.

"마침 잘됐네요! 형이 빌려주신 책 보고 제가 한번 써봤거든요."

그는 들뜬 얼굴로, 가방에서 자신이 쓴 트리트먼트를 꺼냈다.

"이거 한번 봐주세요!"

현수는 여러 장 겹쳐 스테이플러로 찍어둔 트리트먼트를 한 장씩 넘겨보았다. 보는 내내 표정이 석고상처럼 굳어 있었다. 그 앞에 앉은 지호는 절로 초조해졌다.

그리고 잠시 후, 현수가 물었다.

"이걸… 진짜 네가 썼다고?"

"네. 어때요?"

지호의 물음에 현수는 복잡한 표정이 됐다. 그는 화가 난 것 같기도, 충격을 받은 것 같기도 했다.

잠시 동안 말이 없던 현수가 간신히 답했다.

"트리트먼트는 내가 다시 한 번 검토해 볼게. 말했다시피 과제 때문에 정신이 없어서 지금은 객관적으로 읽기가 힘드네."

그 말을 들은 지호는 걱정스러운 얼굴을 했다.

"형, 아무리 바빠도 건강은 챙기세요."

"그래. 그래야지."

고개를 끄덕인 현수가 양해를 구했다.

"미안한데 먼저 일어나 봐도 될까? 몸이 좀 안 좋아서. 다음

모임 땐 나도 트리트먼트 하나 만들어 올게. 모임 일정은 서로 연락해서 다시 잡자."

"그래요, 형. 들어가세요."

지호는 개의치 않고 선뜻 이해해 줬고, 현수가 먼저 자리를 뜨면서 이번 만남이 서둘러 마무리됐다.

집으로 돌아온 현수는 트리트먼트를 보고 또 봤다. 지호의 트리트먼트는 그에게 '벽'처럼 느껴졌다. 자신은 도저히 이런 세심한 인물 묘사와 참신한 발상을 해낼 수 없을 것만 같았다. 바람이나 쐴 겸 지호를 만나러 다녀온 뒤 더욱 답답해진 현수는 트리트먼트에서 눈을 떼고 고개를 돌렸다. 시선이 향한 책장 위에는 지호와 함께 작업하고 있는 시놉시스가 있었다.

'아이디어만 있다면…….'

현수는 입술을 지그시 깨물며 갈등에 빠졌다. 시놉시스, 트리트먼트는 말이 공동 창작물이지, 함께 작업했다고 하기에도 민망할 정도로 지호 작품 그 자체였다.

'이거면 무조건 기회를 따낼 수 있어.'

이런 확신이 들었다. 그 순간 더 이상 망설일 필요 없을 정도로 강렬한 욕망이 밀려들었다. 굳건히 버티던 양심조차 욕망과 융화되어 버렸다.

결국 현수는 자기 합리화를 했다.

"그래! 어차피 같이 영화도 만들기로 한 걸, 지원받을 수 있는 기회를 이대로 날려 버릴 수는 없잖아? 같이 작업하면 돼."

마음이 기울기 시작하자 걷잡을 수 없었다.

'서로 좋은 일이야. 고등학생이 이런 기회를 어디서 잡아?'

온갖 합리화 끝에 결정을 내린 현수는 시놉시스를 트리트먼트 바로 옆에 고정시켜 뒀다. 그는 지호에게 허락을 맡을 생각은 추호도 하지 않은 채, 시놉시스와 트리트먼트 내용을 모조리 노트북으로 옮겨 적기 시작했다.

＊　　　＊　　　＊

2주 후. 서재현은 초저녁부터 서재에 등불을 켜두고 학생들이 제출한 과제를 검토중이었다. 그는 여러 차례 안경을 썼다 벗었다 반복하며 피로감과 치열한 전투를 벌이고 있었다.

그때 이지은이 따뜻한 허브차를 들고 들어왔다.

"피곤할 텐데 쉬엄쉬엄 해요."

"실력 있는 학생들이 많아서 결정하기가 까다로워. 몇 번이나 다시 읽어봐도 고민이란 말이야."

그녀는 창문을 열고 꽁초가 수북한 재떨이를 챙겼다.

"담배 피울 때 창문 꼭 열고요."

미안한 표정을 짓던 서재현이 갑자기 생각난 듯 물었다.

"참, 지호랑 공동 작업한다던 친구도 중영대 연출과라고 하지 않았나?

"현수요?"

이지은이 되묻자 서재현은 무릎을 탁 쳤다.

"그 이름 맞지? 그래도 아직은 내 기억력이 쓸 만하구먼."

"가만… 혹시 현수도 당신 강의 듣는 수강생이에요?"

고개를 끄덕인 서재현이 의미심장한 미소를 지었다.

"아직 시놉이랑 트리트먼트만 봐서 판단하긴 이르지만, 발상이 엄청 참신하더군. 이 정도 구상이면 각본이 잘 뽑힐 수밖에 없을 게야."

"그래요? 안 그래도 마침 지호한테 전화하려고 했는데 여기서 해야겠네요. 당신이 말해줘요. 서프라이즈!"

덩달아 흥미를 보인 이지은이 전화통화를 시도했다. 신호가 몇 차례 울린 후 지호가 전화를 받았다.

"그래, 저녁은 먹었니?"

—네, 숙모는요?

"우리도 먹었지! 참, 오늘 재밌는 일이 있어서 전화했다. 네 삼촌이 얘기해 주실 거야."

—재밌는 일이요?

"기다려봐, 바꿔줄게."

—네!

수화기를 넘겨받은 서재현이 이어서 통화했다.

"너랑 시나리오 공동 작업 한다던 친구가 중영대 연출과 김현수 맞느냐?"

—네, 삼촌.

"허허, 놀라지 말거라. 삼촌 요즘 중영대 출강한다. 그 친구, 시놉시스랑 트리트먼트를 단독 작품으로 제출했는데 발상이 참신하더구나."

─그래요? 하긴, 요새 과제한다고 꽤나 바쁜 것 같더라고요. 제목이 뭐예요?

"제목? 〈완벽한 인생〉이다."

쿵.

심장이 내려앉았다. 기숙사 방에서 전화를 받던 지호는 제목을 듣고 수화기를 떨어트릴 뻔했다.

'완벽한 인생?'

그건 바로 자신이 정한 제목이었다. 시놉시스, 트리트먼트 역시 직접 썼다. 그런데, 그 작품이 현수의 단독 작품이라니?

"삼촌, 그게 정말이에요?"

혹시나 하는 마음에 재차 확인했지만 돌아온 대답은 똑같았다. 이쯤 되자 지호는 뒤통수를 세게 한 대 맞은 기분이 들었다.

'정확히 확인해 봐야겠어.'

현수는 자신에게 도움도 많이 줬기에 지호는 쉽게 단정 짓지 않고 일단 전화를 끊었다. 이어서 그는 현수에게 전화를 걸었다.

─여보세요? 이게 누구야? 마이 파트너 신 작가 아니야?

현수는 취기가 한껏 오른 목소리로 전화를 받았다. 술자리인 듯 배경음이 시끌벅적했다.

지호는 일단 차분하게 대답했다.

"네, 형 뭐 물어볼 게 있어서 전화했어요."

─물어봐, 물어봐. 내가 너한테 뭔들 못 알려주겠어?

"트리트먼트 작성은 잘 되가세요?"

지호가 떠보자 현수는 잠시 뜸을 들였다. 얼마 후 수화기 너머의 소란스러운 분위기가 조용하게 전환되며 다시 목소리가 들려왔다.

—요새 정신이 없어서 미처 미리 말을 하지 못했네. 미안하다 지호야. 사실은… 이번에 우리 학교에서 영화제작비를 지원해 주는 공모전 비슷한 걸 하거든? 그래서 네 시놉시스랑 트리트먼트로 냈어. 교내 학생만 참여가 가능해서 일단 내 이름으로 내긴 했는데, 작품 선정만 되면 여름방학 때 학교 측 전액 지원으로 함께 영화를 만들 수 있게 될 거야.

지호는 현수 이름으로 출품했다는 사실이 탐탁지 않았지만, 함께 영화를 만들 수 있다는 말에 기대를 걸었다.

"그런 건 진작 말씀해 주시지. 그럼 발표는 언제 하는데요?"

—다음 주면 발표가 날거야. 조금만 기다리고 있어! 이번에 뽑히면 좋은 영화 꼭 같이 만들어보자.

"…알겠어요."

대답한 지호는 전화를 끊었다.

그 순간 같은 지역에서 와서 어쩌다 룸메이트까지 된 정성진이 노트북으로 게임을 하다 말고 머리를 감싸 쥐고 소리쳤다.

"아씨! 죽었어! 망할 브론즈 새끼!"

지호는 그를 보았다. 한참 동안 씩씩대던 성진은 이어폰을 귀에서 제거하고 침대로 가서 벌러덩 드러누웠다.

"하… 실버로 가는 길은 멀고도 험하구나."

속편하게 중얼거리는 모습을 보고 있던 지호가 불쑥 불렀다.

"야, 정성진."

성진이 고개를 돌렸다.

"왜?"

"넌 사람을 믿어?"

"같은 팀도 던지는 판에 남을 어떻게 믿어?"

"던져? 팀 킬, 뭐 그런 건가?"

"응."

대답을 듣고 멍하니 고개를 끄덕이며 이해한 지호가 다시 입을 열었다.

"그럼 못 믿는다 치고, 만약 너한테 사기를 쳤어. 그래, 누군가 게임 아이디를 해킹했다 치자. 그럼 어떻게 할래?"

"상상조차 할 수 없지. 내가 지른 스킨이 얼만데. 끝까지 쫓아가서 받아낸다."

성진의 결연한 태도에 지호는 피식 웃었다.

"그렇지?"

사실 그는 딱히 현수를 의심하지 않았다. 다만 영화판 자체에 주인 없는 시나리오가 넘쳐나고, 먼저 읽은 사람이 주인 행세를 할 정도로 질서가 무분별하다는 이야기를 서재현에게 들은 적이 있을 뿐이다.

'혹시 모르니 각본이라도 써둬야겠어.'

생각한 지호는 일단 만일의 사태에 대비하며 연락을 기다려 보기로 했다.

                    *   *   *

　일주일 뒤, 선정된 단편영화제작 기획안이 발표됐다.

　현수의 예상은 적중했고, 지호가 쓴 시놉시스와 트리트먼트
가 결정적인 역할을 했다. 오죽하면 서재현은 결과를 발표하며
그에게 선정 이유를 꼬집어주기까지 했다.

　—기획안은 제작할 영화의 스토리에 맞춰 작성됩니다. 김현
수 학생은 누구보다 참신한 구상 능력을 가지고 있어요.

　그 한마디가 현수에게는 비수처럼 돌아와 꽂혔다. 그런데 엎
친 데 덮친 격으로, 새로운 사실을 알게 됐다.

　중영대학교 재학생이 아닌 외부인은 제작에 참여할 수 없다
는 사실이다. 그 말은 지호 역시 함께 작업할 수 없다는 뜻이
기도 했다.

　굳이 지호를 끼워 넣으려면 힘들게 따낸 학교의 지원을 포기
해야만 하는 상황인 것이다.

　'젠장……'

　양자택일의 고민에 빠진 현수는 책상 앞에서 동상처럼 꿈쩍
도 하지 못했다.

　자신의 능력을 시험해 보기 위해 밤이 새도록 스토리를 고
민해 봤지만, 지호만한 발상이 나오지 않았다.

　아니, 정확히 말하면 발끝도 못 따라갔다. 시간이 지날수록

늘어가는 건 담배꽁초뿐이었다.

현수는 허공을 보고 물었다.

"어떻게 생초짜가 이런 글을 쓸 수 있는 거지? 얼마 전까지만 해도 트리트먼트가 뭔지도 몰랐던 애가?"

입술도 바싹 말라갔다. 그는 미처 느끼지 못했지만, 마음속에는 이미 '열등감'이란 감정이 싹트고 있었다.

'그래, 내가 더 잘 만들 수 있어. 작품 구상과 실제 영화를 제작하는 과정은 차원이 다르니까.'

결국 막다른 결정을 내린 현수는 지호에게 장문의 문자를 전송했다.

따리링!

이른 새벽, 환하게 들어오는 액정 불빛에 지호가 슬며시 실눈을 떴다.

광고 문자인 줄 알고 넘기려던 그는 내용을 확인하고 벌떡 일어났다.

[web발신] 먼저 미안하다, 지호야. 〈완벽한 인생〉은 학교 측 지원을 받기로 결정됐어.

하지만 중영대 학생만 제작에 참여할 수 있다더라. 그래도 여름방학 기간 동안 촬영이 끝나면 영화제에 출품하니까 그때가 되면 상금도 나누고, 함께 작업할 기회도 생길 거야.

당장은 내가 영화제작에 유리한 환경을 가졌으니까 네가 양보해 줬으면 한다. 아이디어는 네가 제공했지만 본격적인 각본은 모두 내가 쓸 거야.

나중에 다시 연락할게. 어찌됐든 이렇게 돼서 다시 한 번 미안하다.

한참이 지나서야 현실감을 느낀 지호는 실없이 웃으며 자문했다.

"설마 내가 쓴 시놉시스랑 트리트먼트, 전부 도둑맞은 거야?"

*   *   *

웹 문자를 받은 지호는 즉시 현수의 번호를 찾아 전화를 걸었다.

—지금 거신 전화는 고객의 요청에 의해 당분간 착신이 정지되어 있습니다⋯⋯.

메시지가 영어로 반복된 후 전화가 끊겼다. 당장 할 수 있는 일이 사라진 지호는 내일 중영대학교를 직접 찾아가 보기로 결심했다.

'만나서 얘기는 해봐야지.'

다음 날 학교 수업을 마친 지호는 교복 차림으로 흑석동에 위치한 중영대학교에 갔다. 목적지인 301동 아트센터는 정문에서 십오 분 거리였다. 건물 안으로 들어선 그는 지나가는 학생을 아무나 붙잡았다.

"저, 잠시만요! 실례지만 혹시 연출과 1학년 학생 강의실이 어딘지 알 수 있을까요?"

무턱대고 물었지만 운 좋게 처음 잡힌 남학생이 알고 있었다.

"누구 찾아 오셨어요?"

"김현수 학생이요."

대답을 들은 남학생은 씨익 웃었다.

"마침 현수랑 수업이 겹치는데 잘됐네요. 강의실까지 같이 가요."

지호는 그의 도움을 받아 아트센터 5층 복도 가장자리 507호 강의실에 도착할 수 있었다.

'친절한 사람이네.'

그런 생각을 한 지호는 고개를 꾸벅 숙였다.

"감사합니다."

"별말씀을. 불러줄 테니까 여기 잠깐 있어요."

남학생이 강의실로 들어가서 등을 돌리고 앉아 있는 현수의 어깨를 잡았다.

"김현수. 웬 고등학생이 너 보러 왔는데?"

"고등학생?"

현수가 고개를 돌려 지호를 보더니 즉시 일어났다. 그는 남학생에게 먼저 말했다.

"태일아. 미안한데 나 오늘 강의 못 듣겠다. 교수님한테는 잘 좀 말해줘."

남학생, 유태일은 어깨를 으쓱이며 대답했다.

"그래. 네 동생이야? 거참, 형 하나도 안 닮고 잘생겼네."

"시비는 걸지 말지?"

그를 보며 톡 쏜 현수가 강의실 뒷문으로 갔다.

"지호야."

문틀에 기대고 있던 지호가 등을 떼며 물었다.

"형, 저한테 할 얘기 없어요?"

현수는 주변을 살피며 답했다.

"여기서 얘기하긴 좀 그렇고 자리를 옮기자. 곧 강의 시작이야."

"네, 그래요."

지호는 평소랑 비슷했다. 그가 흥분하리라고 짐작했던 현수는 예상이 빗나가자 의아했다.

막상 얼굴을 맞대고 있으려니 때늦은 죄책감도 올라왔다.

'왜 화를 안 내는 거지?'

현수는 생전 처음 도둑질을 해본 사람처럼 초조한 상태였다. 그는 지호를 교내 커피숍으로 안내했다.

두 사람이 커피를 주문해 마주보고 앉자, 제 발 저린 현수가 먼저 어색하게 말을 붙였다.

"밥은 먹었어?"

"학교 급식 먹었죠. 형은요?"

"나도… 학식 먹었지."

고개를 끄덕인 지호가 대놓고 물었다.

"저한테 왜 그랬어요?"

"후⋯⋯."

나직이 한숨을 내쉰 현수가 입을 열었다.

"사실, 원래부터 그러려고 했던 건 아냐. 너도 알다시피 우리 파주시 영상 공모전에서 만났을 때 내가 먼저 너랑 같이 작업해 보고 싶다고 제안했었고. 우리가 그걸 추진 중이었던 것도 사실이고. 그런데 때마침 학교에서 좋은 기회가 와서 출품하게 됐어. 선정되면 당연히 너와 같이 제작할 생각이었지. 그런데 하필 연출부 인원을 우리 학교 학생으로만 구성하라는 거야. 솔직히 얼마나 얻기 어려운 기회인데⋯ 이미 당선된 작품을 물릴 수도 없잖아, 미안해. 나도 어쩔 수 없었어."

장황한 변명을 들은 지호는 고개를 저었다.

"어쩔 수 없다는 말뜻을 잘 모르는 것 같네요. 형 입장도 무슨 말인지 알겠는데, 저랑 같이 영화를 만들기로 해놓고 배신한 점이 용서가 안 돼요. 형을 안 볼 때 안 보더라도 왜 그랬는지 정도는 듣고 싶었어요."

또박또박 감정이 전해지는 어조를 들으며 현수는 할 말을 잃었다. 잠시 후 지호가 자리에서 일어나며 마지막 인사를 건넸다.

"그동안 감사했습니다."

지호는 성큼성큼 멀어졌다. 미련 없이 떠나는 뒷모습을 보며 현수는 이마를 짚었다.

"내가 무슨 짓을⋯⋯."

그렇게 중얼거리는 와중에도 차마 욕심을 버리지는 못했다. 그는 여름방학 때 연출하게 될 영화로 영화제까지 나갈 자신의 모습을 떠올리며 입술을 지그시 깨물었다.

*　　　*　　　*

기숙사로 돌아온 지호는 깜깜한 방 안의 형광등을 밝혔다.

"무슨 낮잠을 지금 시간까지 자?"

불쑥 불을 켜자 성진이 이불을 머리까지 끌어 올리며 소리쳤다.

"아아! 눈부셔! 뭐야?"

지호는 피식 웃으며 성진의 이불을 걷어내 버렸다. 곰 같은 덩치의 성진이 이불을 끌어안고 발버둥 쳐봤지만 지호를 당해낼 수는 없었다.

"우씨, 난 잘 때 깨우는 놈은 적으로 간주한다."

"그러지 말고 나와. 이 형님 기분이 상당히 좋지 않다."

"기분이 좋든 말든 나랑 무슨 상관……."

"빵 살게. 예쁘게 따라오면 우유도 쏜다."

지호의 단 두 마디에 성진의 태도가 달라졌다.

"매점 문 닫기 전에 가시죠, 형님."

그들은 매점 앞 난롯가에 위치한 통나무 테이블에 마주 앉았다.

혼자만의 생각에 잠긴 지호는 성진이 먹는 모습을 감상하며 멍 때렸다. 그러자 입안 가득 빵을 우물거리던 성진이 물었다.

"그러고 있을 거면 난 왜 데리고 나왔어?"

"왜 데리고 왔는지 진짜 궁금해?"

"아니."

짧게 대답한 성진은 우유를 까며 덧붙였다.

"먹고 마실 양식까지 주셨는데 왠지 관심은 보여야 할 것 같아서 물어봤어."

그를 빤히 보던 지호가 피식 웃었다.

"그냥 마음이 짠하네."

그는 애매모호하게 말하며 운동장 구석의 농구 코트를 바라봤다.

모델과 학생들 몇몇이 낄낄대며 서로 농구공을 빼앗고 있었다. 다시 멍 때리는 지호를 뚫어져라 쳐다보던 성진이 뜬금없는 질문을 던졌다.

"계정 해킹당했냐? 티어가 뭔데?"

"뭐?"

지호가 되묻자 성진이 말했다.

"왜, 너 저번에 나한테 물어봤었잖아. 해킹당하면 어떨 것 같냐고. 근데 네가 지금 딱 해킹당한 표정이길래."

"그런 거 아니거든."

"그럼 브론즈로 강등되기라도 했어?"

"뭔 소리야? 게임 잘 안 하는 거 알잖아."

성진은 믿을 수 없다는 눈빛으로 진지하게 답했다.

"인간의 4대 욕구 중 하나를 포기하고 있군. 수면욕, 성욕, 식욕, 롤욕."

고개를 절레절레 저은 지호는 자리에서 일어나려 했다.

그때, 성진이 한마디 덧붙였다.

"보상받긴 힘들겠지만 해킹당했으면 일단 신고라도 해봐."

'신고하라고?'

안 그래도 지호는 어젯밤 잠 못 이루고 저작권법에 대해 찾아봤다.

그 결과 저작권 등록이 되어 있지 않은 작품의 경우 법적인 보호를 받을 수 없다는 점만 알게 됐다. 그렇다고 학교 측에 항의할 생각은 진작 접었다. 아이러니하게도 그 이유는 바로 서재현이었다.

'삼촌이 이런 사소한 일까지 신경 쓰게 할 수는 없어.'

지호는 기숙사로 돌아가는 길 내내 주머니 속 USB를 만지작거렸다.

USB 안에는 혹시 모를 상황을 대비해 일주일 간 써두었던 단편영화의 각본이 들어 있었다. 〈완벽한 인생〉의 완성작이었다.

'여름방학 전까지만 이 각본을 영화로 만들면 저작권을 선점할 수 있어.'

영화제작이란 각본과는 또 다른 이야기다.

좋은 작품을 만들기 위해선 여러 장비와 그에 상응하는 인력이 필요하다. 그럼에도 지호는 자신이 현수보다 더 좋은 각본으로, 더 빨리 만들 수 있을 거라는 자신감이 있었다.

물론 현수는 자신의 계획을 짐작도 못하겠지만. 이런저런 생각을 하다 걸음을 멈춘 지호가 나직이 말했다.

"그래. 추억은 가슴에 묻고 지나간 버스엔 미련을 버리자. 두고 봐. 한 방 먹여줄 테니까."

Chapter 5
시작이 반

지호는 전날의 우울한 일에 지장받지 않고 첫 번째로 등교했다. 그가 십 분쯤 책을 읽고 있을 때, 한 여학생이 교실로 들어왔다. 그녀는 지호 앞자리의 김마리였다.

마리는 다람쥐 같이 작은 체구와 귀염상의 얼굴을 한 소녀였다. 그녀는 냉큼 뒤돌아 앉으며 턱을 괴고 지호를 빤히 바라봤다.

"신지호!"

갑작스러운 부름에 책을 읽던 지호가 고개를 들었다. 그는 부담스러운 눈길을 받고 몸을 뒤로 젖혔다.

씨익 웃은 마리가 가방에서 주섬주섬 도시락 통을 꺼내 지호의 책상 위에 올려두고 뚜껑을 열었다.

"짜잔! 너 이게 뭐에 좋은 줄 알지?"

장어였다. 지호는 그녀를 빤히 보며 대답했다.

"이거, 나 주는 거야?"

"응. 우리 엄마가 어제 기숙사로 갖다 주셨어."

마리는 젓가락을 건네며 능청스럽게 덧붙였다.

"부끄러워하지 말고 먹어봐."

"후."

지호는 영 적응이 안 됐지만 손을 비비고 젓가락을 받아 장어를 하나 집어먹었다. 우물거리는 그를 흡족하게 바라보던 마리가 재차 입을 열었다.

"지호 너. 학기 초에 인기 장난 아니던데? 다른 과 선배들까지 전부 구경하러 왔잖아?"

"그랬었나?"

공복인 지호는 정신없이 먹으며 물었다.

"그런데 그건 갑자기 왜?"

그때 마리가 갑작스러운 질문을 던졌다.

"너 여자 친구 있어?"

"뭐?"

지호가 되물으며 사레들린 것처럼 헛기침을 해대자 마리는 미리 준비해 온 보온병 안의 유자차를 따라주었다.

"여기! 뜨거우니까 천천히 마셔."

유자차를 마신 지호는 간신히 사레를 가라앉혔다. 틈을 안 준 마리가 이어 물었다.

"아니, 매일 아침 이렇게 고요하고 밀폐된 공간에 우리 둘만 있는데 아무 생각도 안 해봤어?"

지호가 침을 꼴깍 삼키고 있을 때, 같은 반 아이들이 삼삼오오 등교하기 시작했다.

"올! 신지호, 김말이. 뭐야?"

"둘이 사귀어? 아침마다 너무 오붓한 거 아냐?"

지호 짝꿍인 남학생과 마리의 짝꿍인 여학생이 가방을 책상 옆에 걸고 앉으며 짓궂게 놀려댔다. 지호는 학기 초부터 금방 가까이 앉은 아이들과 어울리게 됐다. 나머지 셋은 서로 같은 중학교를 나온 친구여서 무리에 낀 셈이었다.

마리는 두 사람을 보며 아쉬운 표정을 지었다.

"왜 이렇게 일찍 와? 딱 좋았는데."

그 말에 지호 짝꿍인 정웅지가 대답했다.

"야, 김말이. 넌 백날 노력해도 안 된다니까? 지호 노리는 예쁜 애들이 쫙 깔렸어요. 그나저나 이거 뭐야? 장어?"

"냄새만 맡고도 딱 아네? 아주 개코야, 개코."

마리의 말을 한 귀로 흘린 웅지가 투덜댔다.

"이거 봐. 냄새만 맡으라고 지들끼리 다 먹었어."

"애들아 쉿. 담임 떴다."

마리의 짝꿍, 구해조가 신호를 보냈다.

거의 동시에 담임 배기영이 문을 열고 들어왔다.

"자자, 조용! 조회하자. 반장?"

부름을 받은 해조가 일어나 말했다.

"전체 차렷. 선생님께 경례."

"안녕하세요!"

반 아이들이 모두 함께 인사했다. 지호 역시 동참했다. 그리고 그들 모두를 바라보며 배기영이 한 사람씩 출석을 불렀다. 출석을 다 부른 그가 재차 입을 열었다.

"전공과목들 외에 기본 교과도 열심히 듣길 바란다. 기본 교과 담당 선생님들 사이에서 수업 시간에 잡담하거나 잔다는 말이 많이 나오고 있어. 모두 주의하도록! 이상."

학생들에게 공지사항을 전달한 배기영이 교실 문을 열고 나가자 다시금 교실이 시끄러워졌다. 그중에는 웅지의 목소리도 섞여 있었다.

"조장, 우리도 슬슬 조별 과제 찍어야지? 시나리오는 언제 완성돼?"

그가 말하는 조장은 바로 지호였다.

고개를 끄덕인 지호가 말했다.

"안 그래도 너희한테 얘기할 게 있어."

시선이 집중되자 그는 말을 이었다.

"우선 시나리오는 완성했고. 이번 작품, 스케일을 좀 크게 가자. 1학기까지니까 기간은 충분해."

"어떻게?"

해조가 침착한 어조로 묻자 지호가 대답했다.

"가능하면 영화제에도 출품해 보려고. 나머진 확실해지면 말해줄게."

"영화제?"

웅지는 흥분했지만 이내 덧붙였다.

"우리 같은 초짜가?"

"예선 탈락해도 밑져야 본전이지, 뭐. 난 찬성!"

손을 번쩍 들며 동의한 마리가 생글생글 웃으며 지호를 하염없이 바라봤다.

그 모습에 웅지가 다시 한 번 놀렸다.

"김말이, 넌 지호랑 함께라면 뭐든 찬성이잖아."

"아니거든? 하긴, 너 따위가 뭘 알겠어."

웅지와 마리가 실랑이를 벌이는 사이, 지호는 평상시 서재현과 나눴던 연출에 관한 대화 내용을 회상하고 있었다.

'우리만으로는 중영대 연출과 수준의 퀄리티를 뽑아낼 수 없어. 현장을 이끌어 줄 전공자들이 필요해.'

*   *   *

수업이 끝나고 기숙사로 돌아온 지호는 책상 위에 노트북을 켜두고 자판을 두드렸다. 그는 '현장을 이끌어 줄 전공자'를 끌어들이기 위한 준비 작업을 하는 중이었다.

〈완벽한 인생〉의 완성된 각본을 첨부하고 자신의 포부를 적은 지호는 서울권 30여 개 대학 연출과의 교수 63명에게 메일을 발송했다.

한편 침대에 누워서 만화책을 보고 있던 성진이 눈만 내밀고 훔쳐보다 말을 걸었다.

"너 엄청 유명하더라?"

"응? 뜬금없이 무슨 소리야?"

"급식실에서 네 얘기 들었어. 카메라 다루는 모습이 섹시하다던데? 얼굴 잘생기고 키 크고 상시 실기 능력 평가도 현재 연출과 1등이라고. 올!"

엄지를 치켜들며 끝에서 갑작스레 흥분하는 그를 보며 지호는 눈을 게슴츠레 떴다.

"지금 뭐하는 거야?"

"축하. 다 여자였거든. 아무튼 난 지금부터 낮잠 잔다. 깨우지 마."

진지하게 대답한 성진이 이불을 머리 끝까지 뒤집어썼다.

고개를 절레절레 저은 지호는 가방을 챙겨서 일어났다. 연출에 관한 서적들을 참고하기 위해 교내 도서관에 가볼 생각이었다.

'삼촌한테 배운 것만으로는 부족해.'

분명 이론과 실무는 달랐다. 대학생들과 작업하며 무시당하지 않으려면 준비할 수 있는 건 다 해봐야 했다. 지호는 기숙사에서 나와 곧장 도서관으로 향했다.

도서관은 생각보다 넓고 수많은 책들이 있었다.

'와. 책 진짜 많다. 으리으리한데?'

지호는 사서에게 묻지 않고 직접 전공예술서적들이 나열돼 있는 곳에서 '영화/연기' 파트를 찾아냈다. 그가 책들을 훑어보고 있을 무렵, 옆으로 다가온 여학생 한 명이 옆모습을 유심히 뜯어보고 있었다. 그녀는 조심스럽게 입을 열었다.

"저기……."

자신을 부르는 음성에 책을 덮고 여학생을 본 지호는 깜짝 놀랐다.

"어? 강지원!"

그녀는 지호랑 같은 평화중학교 출신이었으며 중학 시절 이른바 '얼짱'으로 불렸던 친구였다. 여학생, 지원이 반색하며 말했다.

"신지호. 진짜 반갑다!"

"너 우리 학교였어?"

"나 일반계 고등학교 갔다가 연기과로 오늘 편입했어. 연기 하는 거 아빠가 엄청 반대하셨거든."

지원의 아버지는 엄격한 인상의 의사였다. 그는 늘 지원이 자신의 뒤를 이어 의사가 되길 바라셨다. 그녀와 친한 지호도 익히 알고 있었던 사실이었다.

'하긴, 공부를 워낙 잘했으니까.'

잠시 회상하던 그가 물었다.

"그런데 어떻게 예고로 오게 된 거야?"

"자식 이기는 부모 없다잖아?"

예쁜 눈웃음을 지은 지원이 지호가 들고 있는 책 제목을 보며 말했다.

"역시 넌 연출과 갔네. 중학교 때도 항상 카메라만 들고 다니더니."

지원은 막 생각난 듯 휴대폰을 내밀었다.

"너도 기숙사에 있지? 네 번호 좀 알려줘! 그동안 폴더 폰이라 연락도 잘 못했었는데 최근에 핸드폰 바꿨어."

"그래? 나라도 진작 연락할 걸 그랬다."

지호는 자신의 번호를 찍어준 뒤 덧붙였다.

"앞으로 자주 연락하자."

"응. 나중에 봐!"

인사한 지원이 눈여겨본 책을 한 권 빼들고 총총걸음으로 사라지자 지호 역시 책장으로 눈길을 돌렸다. 그 앞에서 두 시간 정도 머물던 그는 빈손으로 도서관을 나왔다. 자신이 읽은 부분을 모조리 섬광 기억으로 머릿속에 찍어낸 후였다.

*　　　*　　　*

지호는 통금시간이 거의 다 된 아슬아슬한 시간에 기숙사로 골인했다. 시곗바늘이 오후 9시 40분을 가리키고 있었다.

'후, 큰일 날 뻔했네.'

새삼 기숙사를 벗어나면 넓은 서울 땅에 갈 곳이 없다는 생각이 들었다. 아마 부모님이 살아계셨다면 옛날처럼, 아직까지 서울에 살고 있었을 터였다. 순간 센치해지려는 감정을 털어낸 지호는 노트북을 켜고 메일함을 확인했다. 그런데 예상 밖에, 메일 한 통이 도착해 있었다.

"벌써?"

중얼거린 지호는 조심스럽게 메일을 열어봤다. 그 안에는 중영대학교와 쌍벽을 이루는 한국예술대학교 연출과의 학과장 양동휴 교수가 보낸 답신이 들어 있었다.

[자문을 구해 고맙습니다. 영상원 교수로서 학생의 열의에 감탄할 뿐입니다. 시나리오는 잘 봤어요. 놀랍고 참신했습니다. 시간이 되면 저를 한번 찾아오세요. 따뜻한 차 한잔 대접할게요.]

투박한 문장이었지만 내용은 따뜻했다.

지호는 곤히 잠들어 있는 성진이 깰까 봐 소리는 못 지르고 주먹을 움켜쥐며 '예쓰!'를 묵음으로 외쳐댔다. 그는 흥분을 가라앉히지 못한 얼굴로 이메일에 적혀 있는 휴대폰 번호를 등록했다.

이튿날. 평소보다 일찍 학교를 마친 지호는 어제 등록한 양동휴 교수의 휴대폰 번호로 전화를 걸었다. 신호음이 점점 크게 들려오며 덩달아 마음도 초조해졌다. 오죽하면 신호음에 대고 '여보세요'라며 헛발질까지 해댔다. 그리고 머지않아 애타게 기다리던 목소리가 들려왔다.

―여보세요?

수화기 너머에서 들려오는 말투는 매우 차분해 밤에 들으면 '조금 무서울 수도 있겠구나' 싶을 정도였다. 지호는 심호흡을 하며 첫마디를 뗐다.

"혹시 양동휴 교수님 전화 맞나요?"

―그런데, 누구시죠?

"아, 안녕하세요! 어제 이메일 보냈던 신지호라고 합니다."

―이메일이요? 아, 〈완벽한 인생〉 각본 쓴?

"네! 이메일 보고 연락드렸습니다."

양동휴 교수 질문에 밝게 대답한 지호가 먼저 용건을 꺼냈다.

"실례가 안 된다면 오늘 찾아뵙고 싶은데 언제가 좋을까요?"

―음, 잠깐 기다려 봐요.

부스럭거리는 잡음이 들리더니 이내 양동휴 교수가 말을 이었다.

―오늘은 오후까지 수업이 있어서 낮에는 힘들 것 같고, 저녁 때나 돼서 시간이 날 것 같은데. 일곱 시에서 여덟 시 사이 괜찮아요?

지호로서는 안 괜찮아도 괜찮게 만들어야 할 판이었다. 그에게는 동아줄과도 같은 제안인 것이다. 환호하고 싶은 마음이 굴뚝같았지만, 그는 조급한 티를 내지 않고 덤덤하게 답했다.

"네! 그럼 일곱 시 반까지 학교로 찾아뵙겠습니다."

―알겠어요. 참, 내 연구실이 어디냐면……

양동휴 교수는 마땅히 설명할 말이 떠오르지 않자 끝을 늘어뜨렸다. 그때 지호가 선수를 쳤다.

"홈페이지에서 영상원 위치는 봐뒀어요. 잘 찾아갈 수 있을 것 같습니다."

조금 오버한 기분이 든 그가 덧붙였다.

"혹시, 모르면 그때 전화드릴게요!"

야무진 처신에, 양동휴 교수는 헛웃음을 터뜨렸다.

—하하, 알겠어요. 그럼 이따 보도록 하죠.

전화가 끊어진 걸 확인한 지호는 시간을 점검했다. 현 시각은 오후 네 시. 아직 약속까지 세 시간이나 여유 시간이 있었다. 그는 전쟁터로 나가기 전처럼 양동휴 교수에게 보여줄 무기들을 점검했다.

＊　　　＊　　　＊

지호는 날이 어둑어둑해질 때쯤 양동휴 교수가 있는 한국예술대학교에 도착했다. 학교 정문에는 [한국예술대학교 청소년 독백연기경연대회]라는 큰 현수막이 걸려 있었다. 연극영화과에서 매년 주최하는 독백대회였다.

'일이 잘 풀리면 배우들도 섭외해야 할 텐데.'

지호는 이런저런 생각을 하며 영상원으로 향했다. 영상원 건물 근처에는 막 촬영이 끝났는지, 장비를 옮기며 바쁘게 움직이고 있는 학생들이 보였다.

'저 사람들한테 물어보면 되겠다.'

생각한 지호는 두 손에 아무것도 들고 있지 않은 남학생에게로 가서 말을 붙였다.

"저기요!"

"예?"

고개를 돌린 남학생은 지호보다 머리 하나는 더 큰 장신에 넓은 어깨와 뚜렷한 이목구비를 갖고 있었다. 멋져 보일 수도,

무서워 보일 수도 있는 인상이었다.

절로 움찔한 지호가 대답했다.

"저… 혹시 양동휴 교수님 연구실이 어딘지 아세요?"

"양동휴 교수님?"

기억을 되새기듯 미간을 찌푸리던 남학생이 손바닥을 탁 치며 외쳤다.

"아! 연출과 양 교수님?"

"아세요?"

지호가 추임새를 넣자 남학생은 말이라고 묻냐는 듯 턱 끝을 치켜 올리며 대답했다.

"저어기, '이말수 예술극장' 보이죠? 극장 왼편으로 돌아가면 영상원 B동이 나와요. 그 건물 2층으로 가면 문 앞에 명패가 있을 거예요. 그거 보고 양 교수님 연구실 찾아가면 돼요."

그는 덧붙여 물었다.

"…그런데 무슨 일로?"

"감사합니다!"

동시에 지호가 대답해 버리는 바람에 남학생의 질문이 묻혀 버렸다.

아무것도 모르는 채 고개를 꾸벅 숙여 인사한 지호는 몸을 돌려 '이말수 예술극장' 쪽으로 걸어갔다. 반면, 대번에 말이 씹히게 된 남학생은 민망한 얼굴로 중얼거렸다.

"크흠, 근데 누구지? 못 보던 얼굴 같은데… 잘생겼단 말이야……"

그때 남학생에 어깨를 탁 치며 나타난 여학생이 지호의 뒷모습을 보고 물었다.

"뭐가? 누군데?"

"모르겠다. 연출과 학과장님을 찾아왔던데… 설마 아들인가?"

"왜, 아들이면 친해져서 그 핑계로 양 교수님이랑 연줄이라도 만들어 보려고?"

"지금 이름 날리는 감독들 중 절반은 그 교수님 제자야. 혹시 아냐? 나에게도 좋은 기회가 올지……."

혼잣말처럼 중얼거리던 남학생이 막 생각난 듯 물었다.

"최유나, 근데 넌 왜 갑자기 친한 척이냐?"

여학생, 유나는 고개를 획 돌리며 콧방귀를 뀌었다.

"그냥. 네가 헛꿈 꾸는 것 같아서. 꼭 실력 없는 것들이 그런 우연에 기대더라?"

남학생이 황당한 표정으로 말했다.

"하, 그냥 가라. 나대지 말고."

"조용빈. 나한테 이러면 나중에 후회할 텐데… 참 눈치도 없지. 이러니까 네가 매번 기회를 놓치는 거야."

유나는 얄밉게도 안타깝다는 듯 한숨을 푹 내쉬고 고개를 저으며 쌩하게 가버렸다.

그 뒤에 남겨진 남학생, 용빈은 주먹을 불끈 쥐며 중얼거렸다.

"아오, 저 개싸가지를 어떻게 하지?"

한편 영상원 건물에 도착한 지호는 안으로 들어갔다.

2층 복도를 걸으며 일일이 문 앞 명패를 확인했다. 그리고 중간쯤 '학과장 양동휴'라는 이름을 찾을 수 있었다. 재실(在室)로 표시가 돼있었다.

"휴우."

심호흡을 한 지호는 문을 두 번 두드렸다. 뒤이어 두툼한 철문 안쪽에서부터 부드러운 목소리가 흘러나왔다.

"들어오세요."

그 말에 따라 지호는 문을 열고 들어갔다.

그러자 컴퓨터 모니터를 바라보고 있던 양동휴 교수가 안경을 바꿔 쓰며 지호에게 시선을 돌렸다. 눈빛을 받은 지호가 서둘러 인사했다.

"아, 안녕하세요. 전화드렸던 신지호라고 합니다."

"생각했던 것보다 훨씬 더 잘생겼군요. 이리 와서 좀 앉아요."

"아, 네."

고분고분하게 대답한 지호가 소파로 가서 엉덩이를 붙였다. 목각 인형처럼 경직된 자세였다.

양동휴 교수가 긴장을 풀어주려는 듯 물었다.

"커피? 녹차? 아니면 주스?"

"아, 저는 주스 마시겠습니다."

"편하게 대화를 나눠보고 싶었을 뿐이니 너무 긴장할 거 없어요."

그는 나지막하게 타이르며 냉장고로 향했다.

반면, 지호는 편하게 얘기할 입장이 아니었다.

'그래, 차분하게 이야기해 보자.'

그는 굳게 마음을 먹었다. 기회는 단 한 번. 한국예술대학교 연출과 학생들과 협력해 영화를 만들고 싶다는 의사를 전달한 뒤 동의까지 얻어야 하는 상황인 것이다.

그사이 양동휴 교수가 주스를 내와서 맞은편에 앉았다.

"시나리오는 잘 봤어요. 아직 어린 학생이, 실력이 제법이더 군요."

마침 용건을 꺼내기 좋은 질문이 나왔다. 지호는 두근거리는 심장박동을 느끼며 대답했다.

"실은, 영화를 만들고 싶습니다."

양동휴 교수는 뜻밖에 상황에도 당황하지 않았다. 그는 녹차를 후루룩 마시며 생각에 잠겼다. 침착한 표정에서는 어떠한 생각도 읽어 낼 수 없었다.

"저를 어떻게 알고 이메일을 보냈던 거죠?"

양동휴 교수는 즉답을 피하며 대신 물어보았다. 지호 입장에선 피가 마르는 시간이 늘어난 셈이다. 그는 당황하지 않고 차분히 말을 이어나갔다.

"솔직히 말씀드리면 서울권 대학 연출과 교수님들께 모두 보냈습니다. 아, 홈페이지에 이메일이 적혀 있는 분들에게만요."

"허."

짤막한 감탄사와 함께 표정 변화가 생겼다. 양동휴 교수가 조금 놀란 조금 눈빛으로 되물었다.

"영화를 만들어본 경험은 있나요?"

지호는 고개를 내저었다.

"아뇨, 없기 때문에 찾아왔습니다. 실은, 기회가 된다면 이곳 연출과 분들의 도움을 받아 함께 작업하고 싶습니다."

"그러니까 정리하면, 영화는 처음이지만 한번 만들어 보고 싶다?"

양동휴 교수의 표정이 심상치 않자 지호는 덜컥 겁이 났다.

'이대로 까이는 건가?'

순간 불길한 생각이 들었지만 임기응변이나 말재간을 부리고 싶진 않았다. 그는 대신 솔직담백하게 말했다.

"네, 맞습니다. 제게는 좋은 시나리오와 시들지 않는 열정이 있다고 생각합니다. 강의 시작 전 학생들 앞에서 작품에 대해 설명할 기회를 십 분만 내주시면 안 될까요?"

부탁을 듣고 곰곰이 생각하던 양동휴 교수가 대답했다.

"자, 우리 과 학생들 모두 밤잠을 못 잘 정도로 바쁜 생활을 하고 있어요. 학년을 불문하고 마찬가지죠. 학교 과제도 허덕일 수밖에 없는 상황에 학생들이 과연 참여할까요? 경험도 없는 고등학생 작품에?"

그 말을 들은 지호는 갑작스레 가방에서 비닐 파일을 꺼내 탁자 위에 올려뒀다. '촬영일정표'라는 글자를 본 양동휴 교수가 고개를 갸웃했다.

"이게 뭐죠? 스태프, 배우도 정해지지 않았는데 어떻게 일정을 만들었지?"

호기심이 든 그는 저도 모르게 손을 뻗어 촬영일정표를 꺼내보았다. 그 안에는 각본을 기반으로 한 촬영 회차가 적혀 있었는데, 의외로 회차가 많지 않았다.

"정말 이 회차들 안에 영화를 완성할 수 있다고 생각해요?"

지호는 중학교 시절 지역 홍보 영상공모전에서 입상했던 상장과 사진, 당시 영상이 담긴 CD까지 보여줬다.

"아직은 많이 부족하지만 제 나름대로 자신감을 가지고 있습니다. 또한 촬영 계획표 안에 회차만 적고 세부 내용을 아무것도 적지 않은 건, 충분히 모든 일정을 조정할 수 있다는 뜻입니다. 결코 학교생활에는 지장 없도록 하겠습니다. 저도 학교를 다니고 있으니까요."

"자투리 시간을 이용해서 영화를 제작하겠다는 거죠?"

"네, 맞습니다."

강렬한 눈빛으로 야무지게 대답했다. 양동휴 교수는 대화를 시작하고나서 처음으로 웃음을 지었다.

"제 주관적인 시선으로 봤을 때, 지호 학생은 좋은 영화감독이 될 수 있는 재능을 가졌어요. 본인이 어필하고 있는 무모함."

서두를 던진 그가 말을 이었다.

"그 어떤 감독도 모든 테크닉을 숙지하고 있진 못해요. 그래서 각 분야의 전문가들이 있는 거죠. 즉, 감독에게 필요한 건 테크닉이 아닌 추진력입니다. 시작이 반이라는 말도 있듯, 도전과 모험에는 그만한 용기가 필요하니까요."

"그럼……."

지호가 환한 표정으로 대답하려할 때, 양동휴 교수가 말했다.

"제안 정도는 해봐도 괜찮을 것 같네요. 학생들의 의사를 먼저 물어보고 조만간 연락줄게요."

*　　　*　　　*

양동휴 교수는 의외로 빨리 연락했다. 바로 다음 날 문자가 날아온 것이다.

—오늘 네 시 반까지 연구실로 오세요.

불친절한 통보였다. 현재 시각이 3시 30분이었기 때문이다. 시계를 보고 다급해진 지호는 연출과 학생들에게 배부할 팸플릿부터 챙겼다.

"후, 정신이 하나도 없네."

그는 청바지와 맨투맨 티를 입고 코트를 어깨에 걸쳤다. 전속력으로 기숙사를 뛰쳐나간 다음 운동장을 가로질러 두림에고 정문 앞을 지나는 택시 앞을 막아섰다.

끼이이익!

급브레이크를 밟은 택시 기사가 창밖으로 고함을 질렀다.

"미쳤어? 죽고 싶어?"

반면 지호는 보조석 문을 열고 택시에 오르며 말했다.

"죄송해요, 기사님. 그런데 사람 목숨이 걸린 일이거든요? 한국예술대학교 정문까지 빨리 좀 가주세요."

"나 참……."

택시기사는 미터기를 켜고 엑셀을 밟았다. 택시가 한국예술대학교로 향하는 동안 지호는 오늘 학생들 앞에서 할 말을 정리했다. 다행히 평일 낮 시간이라 도로 위 차량은 많지 않았다. 사십 분 후, 한국예술대학교에 도착한 지호는 택시비를 지불하고 내렸다.

"휴, 드디어 도착했네."

지호는 손목시계를 확인하며 영상원 건물로 뛰어갔다. 그가 연구실 앞에 도착했을 땐 양동휴 교수가 막 문을 열고 나서는 시점이었다.

"교수님! 헉, 헉, 헉……."

숨을 거칠게 몰아쉬는 지호를 보며 양동휴 교수가 시계를 확인했다.

"어디 보자… 늦게 말해줘서 늦을 줄 알았는데 정시에 도착했네요. 일단 숨 좀 고르세요."

양동휴 교수는 여유 있게 기다려 주었다.

약속 시간을 촉박하게 잡은 데에는 그만한 이유가 있었다. 현장을 움직여야 하는 연출자에게 있어서 시간 개념이나 활용 능력은 필수인 것이다.

특히 자투리 시간을 이용해 영화를 만들어야 하는 지호라면 더더욱 필요한 부분이었다.

그때, 숨을 다 고른 지호가 말했다.

"후, 준비됐습니다."

고개를 끄덕인 양동휴 교수가 걸음을 떼며 답했다.

"그럼 학생들을 만나러 가봅시다."

두 사람은 머지않아 강의실 앞에 도착했다.

양동휴 교수가 먼저 들어가고 지호는 서늘한 기운이 감도는 복도에 남아 기다렸다. 강의실 안에서부터 양동휴 교수의 목소리가 근근이 울려 퍼졌다.

"다들 박한호 교수님 수업 때 들어서 알겠지만, 오늘은 함께 영화를 제작할 스태프를 구하고 있는 외부 학생이 프리젠테이션을 할 겁니다. 모두 박수로 환영해 주세요."

그 순간 지호가 강의실 문을 열고 들어섰다.

가슴이 터질 것 같이 두근거렸다. 학생들로 꽉 찬 강의실에서 박수갈채가 쏟아졌다. 몇몇 짓궂은 학생들은 휘파람까지 불며 외쳤다.

"잘생겼다!"

"멋있다!"

양동휴 교수가 강단을 지호에게 양보했다. 그는 벽에 기대어 팔짱을 낀 채로 지호를 지켜봤다.

'이제 어떻게 할 셈이지?'

한편 학생들의 눈빛은 한결같았다. 그들은 지호를 동물원 원숭이 보듯 바라보고 있었다. 대다수가 무모한 도전 자체에 호기심을 가질 뿐, 경청할 생각은 없어보였다.

그때 지호가 입을 열었다.

"환영해 주셔서 감사합니다. 저는 〈완벽한 인생〉이라는 시나리오를 쓴 신지호입니다. 제 이야기를 들으시기 전에 먼저 보여 줄 게 있습니다."

그는 내심 떨렸지만 긴장하지 않은 척 말했다. 태연하게 단상에서 내려가 가방에 가득한 팸플릿을 뿌렸다. 학생들은 궁금한 표정으로 팸플릿을 전달했다.

지호는 다시 강단 위로 올라가 잠자코 기다렸다.

십 분밖에 없는 시간은 계속 흐르고 있었다. 그때, 팸플릿을 받은 학생들 사이에서 작은 소요가 일어났다. 팸플릿은 외국영화 속에서 캡처한 장면들로 구성된 콘티(Conti)였던 것이다. 특이하고, 보기 쉽고, 재밌었다.

양동휴 교수가 헛웃음을 터뜨렸다.

'제법 영특하군.'

잠시 후, 지호가 말하기 시작했다.

"제가 이곳에 온 이유는 방금 드린 콘티가 재밌고, 만들어 보고 싶다는 열망이 드는 분들을 찾기 위해서입니다. 흥미가 동한다면 망설이지 말고 페이지 하단에 적혀 있는 번호로 전화나 문자를 주시면 됩니다."

주어진 시간은 십 분이었지만 아직 칠 분 정도만 지났을 뿐이었다.

그는 손목시계를 확인하며 남은 여유 시간을 어떻게 활용하면 좋을지 생각했다.

"아직 시간이 남았군요. 질문 받겠습니다."

모두가 망설일 때 한 여학생이 손을 번쩍 들었다.

지호는 긴장한 기색을 감추며 그녀를 가리켰다.

"네, 말씀하세요."

자리에서 일어난 여학생이 미소 짓고 물었다.

"이 콘티에는 시나리오 내용만 요약돼 있고 정작 실용적인 정보는 하나도 없네요. 빛 좋은 개살구처럼."

지호는 고개를 끄덕였다.

"맞습니다. 실제로 준비된 게 그것뿐입니다."

솔직한 대답에 강의실이 술렁였다. 학생들의 기대 어린 눈빛도 실망으로 바뀌었다. '그럼 그렇지'하는 표정이었다. 당황하지 않고 지호가 덧붙였다.

"하나부터 열까지 함께할 분을 찾고 있습니다."

여전히 분위기는 바뀌지 않았다. '지가 뭔데?' 묻는 것 같은 반응들. 그럼에도 지호는 생각해 둔대로 침착하게 마무리했다.

"시간이 다 됐네요! 지금까지 소중한 시간을 내주셔서 감사합니다."

지호는 깊이 고개 숙여 인사한 뒤 강의실을 나갔다. 그가 나갈 때까지도 강의실은 소란스러웠다. 대부분 작은 관심조차 돌아서버린 것이다.

"뭔데 저렇게 당돌해? 어디서 온 애래?"

"용기가 가상하네. 영화를 물로 보는구만?"

"개나 소나 영화 만들면 난 이미 아카데미상 받았겠다."

가만히 듣고 있던 양동휴 교수는 고개를 내저었다.

'역시……. 쯧쯧.'

도전 자체나, 한순간 흥미를 끌었던 지호의 기지는 칭찬할 만했다. 그러나 가진 밑천이 없다는 사실이 금방 탄로났고 외면당했다. 어쩔 수 없는 순리였다.

선입견에 눈이 먼 제자들을 보던 양동휴 교수는 한숨을 쉬며 말했다.

"조용! 수업 시작하겠습니다."

그가 수업 시작을 알리자 학생들의 소란이 잦아들었다.

한편 지호에게 질문을 던졌던 여학생은 흥미롭게 눈을 반짝이며 속삭였다.

"다들 동태눈깔이야."

청순한 외모에 대조되는 거친 말투.

그녀 옆에 앉은 남학생이 입을 열었다.

"너, 설마……."

"콘티 못 봤어? 재밌잖아?"

그녀는 이미 마음을 정한 듯 말을 이었다.

"무시받으면서 꿋꿋이 할 말 다하는 것도 멋지고. 저 정도 깡다구면 없던 실력도 생길 걸?"

"영화가 어디 각오만 있다고 돼?"

남학생이 되묻자 여학생이 피식 웃었다.

"다들 그만한 각오라도 있어? 뭐가 잘났다고 방금 걔를 무시해?"

"그래서, 동참하시겠다?"

"두말하면 잔소리지! 영화 내용이 마음에 드는데 망설일 게 뭐있어?"

그녀는 남학생의 어깨에 팔을 걸치며 살살 꼬셨다.

"난 너랑 같이 지원하려고. 설마 영화인이 영화 만들 기회를 거절하는 건 아니겠지?"

남학생은 고개를 저었다.

"이지혜. 오버야. 딱 봐도 고등학생이라고. 촬영용 카메라 하나 다룰 줄 모를 것 같은데 우리가 보모도 아니고, 일일이 다 가르치면서 작업해야 할지도 몰라. 게다가 제작 예산은 어떻게 할 건데? 시간 낭비야."

"음… 하긴."

지혜는 짓궂게 놀렸다.

"그러고 보니까 우리 기철이는 어차피 촬영 못 하겠네. 연애질 하느라 저번 학기 시험 말아먹고 어차피 방학 때 계절학기도 들어야 하지 않나?"

"하."

남학생, 기철이 어이없는 표정으로 대답했다.

"아무리 말아먹어도 너보단 잘 나온다. 계절학기 신청도 안 했고."

"그래?"

장난스럽게 되물은 지혜가 불쑥 휴대폰을 꺼냈다. 그녀는 콘티 하단에 있는 지호의 번호를 등록한 뒤 기철에게 확정 짓듯 말했다.

"그럼 잔말 말고 같이하는 걸로. 오케이?"

Chapter 6
황무지에 씨앗을 심어라

한편 기숙사로 향하던 지호는 뒤늦게 얼굴이 빨개졌다. 일의 성패를 떠나 용기를 내서 도전했다는 것 자체가 뿌듯했다.

'과연 몇 명이나 연락이 올까?'

학생들은 지호를 단순한 구경거리 정도로 여기고 있을 터였다.

'일단 기다려 보자. 어차피 메일도 60통 넘게 보냈는데, 뭘. 설마 그중에 같이할 사람이 단 한 명도 없겠어?'

가볍게 마음을 먹으며 기분 전환을 한 지호는 얼마 뒤 기숙사에 도착했다. 해가 완전히 저문 후였다.

게임을 하고 있던 성진이 문 여는 소리에 고개를 돌리며 물었다.

"어딜 그렇게 싸돌아다녀?"

"남이사."

"아씨! 자꾸 이 여자, 저 여자가 문 두드리잖아!"

"남자 기숙사는 여자 진입 금지 아니야?"

"이블린처럼 은신이라도 쓰나? 수위 눈 피해서 들어오던데."

"그래? 어쨌든 난 씻는다."

지호는 쌩하니 화장실로 들어가 버렸다. 고개를 절레절레 저은 성진이 다시 모니터를 보았다.

—소환사의 협곡에 오신 걸 환영합니다.

그가 게임에 집중하려 하는 순간, 불쑥 진동 소리가 들려왔다.

지잉— 지이잉.

성진은 휴대폰을 더듬어 봤지만 진원지는 지호의 바지 주머니였다. 진동은 끝까지 울리다 끊어졌다. 그런데, 또다시 울린다.

지잉— 지이잉.

그 순간 모니터에서 한차례 폭음이 들리더니 으아악! 하는 비명이 뿜어졌다.

그 순간 성진은 광속으로 클릭하던 마우스를 집어던졌다.

"아오, 젠장!"

여전히 진동은 거슬리게 울려왔다.

지잉— 지이잉.

게임 속에서 죽은 성진이 지호가 벗어둔 바지 주머니를 매섭

게 노려봤다.

"다 저것 때문이야. 야, 신지호! 얼른 나와서 전화 좀 받아
봐!"

그때 지호가 팬티 바람으로 나와서 전화를 받았다.

"여보세요?"

수화기 뒤편에선 낯선 목소리가 들려왔다.

—오, 받았다! 신지호… 씨 맞나요?

상대는 마땅한 호칭을 생각하지 못하고 대충 갖다 붙였다.
개의치 않은 지호가 '설마'하는 마음으로 화답했다.

"네, 제가 신지호입니다."

—죄송합니다. 스티븐 스필버그씨 휴대폰인 줄 알았네요. 푸
하하!

뒤이어 떠들썩한 웃음소리가 들려왔다. 옆에서 또 다른 음
성이 끼어들었다.

—골든 글로브에서 감독상 받으셨다면서요?

명백하게 지호를 비꼬는 장난 전화였다. 그러고 보니 액정 위
에도 '발신 번호 표시 제한'이 떠 있었다.

은근히 기대하고 있던 지호는 맥이 탁 풀려서 말했다.

"전화 끊습니다."

—성인군자 납셨네. 욕도 안 해?

—앞으론 학교 와서 열심히 공부하는 학생들 시간 뺏고 그러
지 마. 형님들 바쁘시다."

그들은 비난을 한바탕 쏟아붓고 전화를 뚝 끊었다.

한편 지호는 헛웃음을 터뜨렸다.

"하하하……."

게임 속에서 또 죽은 성진은 고개를 돌리며 말했다.

"너 때문에 내 랭크 게임 전적이……!"

그는 지호의 표정을 보고는 입을 닫았다. 그리고 어색하게 둘러댔다.

"망할 수도 있지. 티어 떨어지면 다시 승급하면 되고. 암, 그렇고말고."

지호는 열이 받은 듯 감고 있던 눈을 뜨며 한숨을 쉬었다.

"후. 그래도 명문 대학교 학생이라는 것들이."

불만이 있으면 당당히 밝히면 될 텐데, 이런 식으로 장난을 치다니. 굉장히 불쾌했고 회의감마저 들었다.

그 순간 또 한 번 휴대폰이 몸을 떨었다.

지이잉— 지잉.

지호는 또다시 실수를 범하지 않기 위해 휴대폰 액정부터 확인했다. 모르는 번호. 그래도 이번에는 발신자 번호가 나와 있었다.

그는 전화를 받았다.

"여보세요."

잠시 침묵이 흘렀다.

지호가 '또 이상한 전화구나' 생각할 때 즈음, 수화기 너머로부터 밝은 톤의 여자 목소리가 들려왔다.

"어머, 음소거가 눌려 있었네? 안녕하세요! 전 한국예술대학교 연출과 이지혜라고 합니다. 오늘 학교 와서 프리젠테이션 한 분 맞죠? 콘티는 아주 재밌게 봤어요!"

전처럼 장난스러운 어조는 아니었지만 지호는 여전히 경계하며 물었다.

"아, 네 감사합니다. 연출팀에 자원하기 위해 연락을 주신 건가요?"

—네, 맞아요. 대박 참신하더라고요!

칭찬을 받은 지호는 슬그머니 웃었다. 장난 전화 때문에 잠깐 올랐던 혈압이 싹 내려가는 기분이었다.

"그럼 혹시 한번 뵐 수 있을까요?"

지혜는 부스럭거리며 되물었다.

—어디서 보는 게 좋을까요?

"내일 방과 후에 한국예대 근처로 갈게요!"

—음. 그럼 내일 오후 여섯 시 커피콩 어떠세요? 참, 카페 위치를 모르시려나?

지호는 허공에 대고 고개까지 저으며 서둘러 대답했다.

"아뇨, 찾아갈 수 있습니다."

—오케이! 그럼 내일 봐요.

시원스레 말한 지혜가 전화를 끊었다.

지호는 주먹을 움켜쥐고 외쳤다.

"좋았어!"

그는 좀처럼 흥분을 가라앉히지 못했다. 잠깐 사이에도 기분이 오락가락하는 지호를 보던 성진은 고개를 절레절레 저었다.

"나의 불꽃놀이 징크스처럼 미쳐 버린 게 확실해."

*   *   *

미팅 날 오후 여섯 시. 시간이 촉박했던 지호는 여전히 교복 차림이었다. 문득 자신의 나이가 공개되면 도망갈지도 모른다는 생각이 들었다.

'어리다고 얕보진 않겠지?'

같은 학교 사람들과 작업해도 될 일인데, 굳이 미숙한 자신과 함께 작업할지 불안감도 들었다.

이런저런 생각을 하는 사이, 마침내 카페 출입문이 열리며 한 쌍의 남녀가 들어섰다.

남자가 말했다.

"아씨, 이것 좀 봐! 알겠어, 알겠다고."

그러자 여자가 주먹을 남자 얼굴 앞에 들이밀며 협박했다.

"만나면 툴툴대지 말고 착하게 굴어라 진짜. 내 체면도 있는데 망신시켰단 봐."

그녀는 코커스패니얼 강아지를 연상시키는 얼굴이었다. 활달해 보이는 성격, 누추하지 않으면서도 편안한 옷차림은 한마디로 새하얀 운동화 같은 느낌을 주었다.

저절로 눈길이 갔던 지호는 엉뚱한 생각을 했다.

'저 여자면 좋겠다.'

두 명이니 그럴 리가 없지 싶었다. 시선을 떼고 고개를 돌리려는데, 불쑥 지호를 발견한 여자가 손을 흔들었다.

"안녕하세요! 어제 통화했던 이지혜입니다."

성큼성큼 다가선 지혜가 동기생 기철의 어깨를 툭 치며 말했다.

"이쪽은 연출과 동기 김기철이고요."

이내 상황 파악이 된 지호가 벌떡 일어나며 고개를 살짝 숙여 보였다.

"안녕하세요, 신지호입니다."

"전 어제 봐서 한 방에 알아봤어요."

해맑게 웃은 지혜가 기철의 팔을 당겨 먼저 앉히고 자신도 앉았다. 두 사람을 번갈아 보던 지호가 물었다.

"뭐 드시겠어요?"

지혜는 두 손을 흔들어 보였다.

"아녜요. 여기까지 와줬는데, 저희가 쏠게요. 뭐 마실래요?"

"전 핫초코 마시겠습니다."

"그래요. 난 아이스 아메리카노!"

그녀의 시선을 받고 슬그머니 일어난 기철이 말했다.

"둘이 얘기하고 있어."

뭔가 마음에 들지 않는 듯 무뚝뚝했다. 그가 주문을 하러 떠나자 지혜는 머쓱하게 웃으며 양해를 구했다.

"애가 본성은 착한 놈이에요. 괜히 까칠하게 굴어서 그렇지."

지호는 고개를 저었다.

"괜찮아요. 어제에 비하면 왕 대접이죠."

"긍정적이네요. 하긴, 영화를 만들려면 이런저런 사람들과 손발을 맞춰야 하긴 해요. 그렇죠?"

"하하. 그렇죠."

어정쩡하게 대답한 그는 가방에서 서류 봉투를 꺼냈다.

"일단 이것 좀 보시겠어요?"

지혜는 건네받은 봉투에서 시놉시스, 트리트먼트, 스태프 명단, 촬영 스케줄, 예산안을 나란히 꺼내두었다. 먼저 시놉시스와 트리트먼트를 쭉 읽어 내린 그녀는 눈을 동그랗게 뜨며 혀를 내둘렀다.

"와우, 직접 쓴 거 맞아요? 글로 읽으니까 훨씬 그럴싸한데요? 콘티로만 봤던 것보다 더 참신하고 재밌어요."

"감사합니다. 콘티는 몇 컷으로 내용 전체를 요약하다 보니 그렇게 비춰졌나 봐요."

지호가 머쓱하게 대답할 때쯤, 기철이 음료를 들고 왔다. 그는 자리가 불편한 듯 아예 음료가 나올 때까지 진동벨을 들고 기다렸다가 자리로 돌아온 것이다.

핫초코를 받은 지호가 고개를 꾸벅 숙였다.

"잘 마실게요."

기철은 그에게 대답도 하지 않고 지혜를 보며 말했다.

"야, 빨리 받아."

"거기다 놓고 이것 좀 봐봐."

"뭔데……"

서너 줄 읽은 기철이 입을 닫았다.

홍미진진한 줄거리에 확 몰입됐기 때문이다. 내용도 내용이지만, 중간중간 체크해 둔 촬영 기법도 놀라웠다. 도입부부터 '텐션 투 카메라(Tension to camera: 배우가 관객을 직시하게끔 하는 기법)로 관객을 불편하게 만든다'는 식으로 필기가 되어 있던 것이다.

그 뒷내용에도 부분적으로 여러 가지 기법들이 체크돼 있었다.

'설마, 촬영 기법들을 전부 꿰고 있는 건가?'

기철이 놀라는 모습을 보며 지혜가 은은한 미소를 지었다. 그녀는 기철을 그대로 두고 다음으로 스태프 명단, 촬영 스케줄, 예산안을 꺼냈다.

"음… 이건 뭐죠?"

*   *   *

스태프 명단, 촬영 스케줄, 예산안은 양식만 있을 뿐 텅 빈 공란이었다.

빼곡했던 시놉시스나 트리트먼트와는 대조됐다. 잠시 멍하니 바라보던 지혜가 말했다.

"여백의 미라든지, 뭐 이런 건 아니죠?"

"아, 물론이죠. 아직 서로 일정도 잘 모르고, 나머진 상의해 봐야 될 것 같아서 양식만 만들어 왔어요."

"하하, 다행이네요. 당황했어요."

그때 잠자코 듣고 있던 기철이 끼어들었다.

"우리처럼 지원한 학생이 몇 명이나 되지? 내가 봤을 땐 우리 빼곤 한 명도 없을 것 같은데."

"네, 맞습니다."

솔직담백하게 대답한 지호가 말을 이었다.

"참, 추가적으로 말씀드릴 게 있어요. 프리젠테이션 때 언급하진 않았지만 보시다시피 전 고등학생이에요. 미리 말씀드렸어야 했는데, 이제야 말씀드리네요. 두림예고 연출과 일학년 신지호입니다. 그리고 사실은 학교에 저 말고 함께 작업할 친구 세 명이 더 있어요."

뜻밖의 말을 들은 지혜는 토끼 눈이 됐다.

"교복을 입고 있어서 예상은 했지만… 생각보다 더 어리네요? 열아홉 정도로 봤는데."

그녀가 이어 물었다.

"학교 친구들은 촬영 경험이 있어요?"

드디어 걱정했던 질문이 날아왔다. 지호는 마음을 단단히 먹고 입을 열었다.

"아직 입학한 지 한 달 남짓이라 경험은 없지만 모두 열정으로 가득 차 있어요. 하나같이 자기 손으로 영화 만들 날만 벼르고 있죠."

역시 지혜는 난처한 표정을 지었다.

"음, 제가 반한 건 당차게 학교 문을 두드린 추진력과 콘티로 보여준 참신한 아이디어였어요. 하지만 영화 촬영이 생전 처음인 사람들과 호흡을 맞추는 건 몹시 어려운 일이에요. 전혀 다른 이야기죠."

기철도 한마디 거들었다.

"이거 봐, 내가 말했잖아. 애초부터 허무맹랑한 생각이었어."

부정적인 대답을 들었지만 지호는 굴하지 않았다.

"두 분도 그런 시절이 있으셨을 거예요. 한 번만 그때를 생각해 주세요. 과연 제 친구들이 현장에서 불협화음을 일으킬까요?"

지혜는 첫 촬영 때를 회상했다.

그녀도 과거에는 선배가 죽으라면 죽는 시늉까지 할 정도로 영화를 만들고 싶었다. 슬레이트만 잡아도 심장이 터질 것처럼 뛰었다.

허구헛날 밤을 새고, 욕을 먹고, 허드렛일을 하면서도 행복하게 임했다. 그리고 보면 오히려 현장에서 불협화음을 일으키는 건 경력자였다.

자존심이 강하고 주관이 뚜렷할수록 서로 부딪히기 때문이다. 곰곰이 생각에 잠겨 있던 그녀는 숙연한 어조로 대답했다.

"휴, 좋아요. 그럼 다음 미팅 때 같이 만나 보죠."

지혜가 기철을 보며 덧붙였다.

"어느새 우리도 선배들처럼 어깨에 뽕이 들어갔나 보다."

그때 여전히 불만스러운 표정을 짓고 있던 기철이 날카롭게 물었다.

"촬영 인원은 결정됐다고 치자. 촬영 스케줄도 의견을 조율

해서 풀어낼 순 있어. 그런데 예산은 도대체 어떻게 할 건데? 이게 제일 현실적인 문제야."

그는 이로서 한 방 먹였다고 생각했지만, 지호는 오히려 반색했다.

"제가 각본을 썼다고 해서 그것만으로 감독 란에 이름을 올릴 순 없겠죠. 넉넉하진 않겠지만 제작 예산은 어느 정도 마련해 뒀습니다."

지혜가 놀라 물었다.

"에? 제작 예산이면 상당히 큰 목돈이 들 텐데요? 설마 부잣집 도련님?"

"하하, 그런 건 아니고요. 전에 공모전 상금 타둔 게 있어요."

"공모전? 무슨 공모전이요?"

눈을 동그랗게 뜨고 있는 그녀를 보며 지호는 머쓱하게 웃었다.

"파주시와 문화체육관광부에서 주최한 지역 홍보 영상 공모전이요."

"와우, 무슨 상을 받았는데요?"

잠자코 있던 기철이 넌지시 말했다.

"홍, 장려상이나 받았겠지 뭐."

"에헴, 대상이거든요."

지호가 억울한 듯 답하자 지혜는 천진난만하게 웃으며 좋아했다.

"푸하하! 대상이래잖아, 멍청아. 역시 내 촉이 맞았어! 내가 사람 보는 눈이 있다니까?"

이쯤 되자 기철도 어느 정도 포기한 눈치였다.

"다른 건 그렇다 치고 학기 중에 촬영까지 전부 끝내려면 시간이 너무 촉박해. 우린 학교 작품도 동시에 해야 되니까."

그에 지혜는 흔쾌히 대답했다.

"걱정 마셔. 이럴 때 보면 완전 시어머니라니까? 내가 놓치면 후회할 것 같아서 그래. 이 작품을 딱 보는 순간! 내 도파민 수치가 증가했다구. 그것도 시놉시스랑 트리트먼트만 봤는데!"

그녀는 지호에게 시선을 돌리며 자신 있게 말을 이었다.

"곧 교수님이랑 면담이 잡혀 있는데, 작업할 때 학교 측 장비를 빌릴 수 있는지 한번 건의해 볼게요. 우선 예산은 아낄 수 있는 만큼 아껴둬야 하니까."

지혜는 이미 촬영 현장 한가운데 서 있는 것처럼 들떠 있었다. 그녀가 보여주는 신선한 모습에 몰입한 지호는 덩달아 기분이 좋아졌다.

"참, 제가 한참 어린데, 반말하셔도 되요!"

그러자 지혜가 기다렸다는 듯 넉살 좋게 말을 놨다.

"헤헤. 그럴까? 그럼 편하게 말 놓을게!"

한편 슬슬 이야기가 마무리되어가는 시점에도 기철은 꼭 초를 쳤다.

"너희 둘이 북 치고 장구 치고 다 좋은데. 난 끼지 말아주라. 촬영 들어가기도 전에 엎어질지 모르는데 판국에 시간 낭비하고 싶진 않으니까."

순간 지혜가 확 째려봤다. 그러자 기철은 서둘러 덧붙였다.

"…어쨌거나 나는 배우 캐스팅까지 보고 결정할 거야."

그래도 처음에 비해 많이 누그러진 기철의 태도를 보며 지호는 빙그레 웃었다.

"네, 그렇게 하셔도 돼요. 그럼 2차 미팅은 저희 학교 친구들도 부를게요. 연락드리겠습니다!"

*　　　*　　　*

며칠 후 지혜, 기철은 면담에 들어갔다. 양동휴 교수가 연구실 안에서 두 사람을 맞으며 푸근한 미소를 지었다.

"허허. 우리 과 최고 실력자들이 한자리에 모였군요. 두 사람 모두 작년에 학기별로 바뀌가며 1, 2등을 다퉜던데."

"과찬이십니다."

"어머, 교수님도 참."

쑥스러운 듯 웃은 지혜가 대뜸 물었다.

"참! 교수님. 얼마 전에 프리젠테이션 했던 고등학생 기억나시죠?"

"허허, 당연하지요. 아직 치매는 아닙니다."

"당연히 아니시죠~ 저랑 기철이, 그 작품에 지원했어요."

"오, 그래요?"

양동휴 교수는 의외라는 듯 물었다.

"두 사람은 어느 포지션을 잡든 잘하는 에이스라 학과 내에서 찾는 팀이 많은 걸로 알고 있습니다만⋯⋯."

"아무리 러브콜을 날려도 이번 학기에는 저희 작품이랑 그 작품만 참여하려고요."

반면 기철은 고개를 저으며 부정했다.

"아닙니다. 이지혜 혼자만의 생각입니다."

그러나 지혜는 눈 하나 깜빡이지 않았다.

심지어 양동휴 교수조차 귀담아 듣지 않는 눈치였다.

"어차피 지혜 학생이 가면 함께할 텐데요. 그나저나 말이 나왔으니 말인데, 두 사람에게는 꼭 보여줘야겠군요."

양동휴 교수는 자리에서 일어나 노트북을 가져왔다. 그다음 전원을 켜고 바탕 화면에 있는 동영상을 재생시켰다.

파일 이름은 '파주시 지역 홍보 영상 공모전─대상 신지호'였다. 지호가 주고 간 CD 속에 있던 영상이었다.

영상이 흘러갈수록 모니터를 바라보고 있던 두 사람은 이미지의 파도 속에 휩쓸렸다.

'맙소사⋯⋯.'

지혜는 절로 소리를 내어 물었다.

"이걸 정말 신지호 학생이 혼자 찍었다고요?"

기철 역시 입을 쩍 벌린 채 말을 잃고 있었다. 그 상태로 영상이 끝나자 양동휴 교수가 입을 열었다.

"어때요? 대단하죠? 제가 봤을 때 두 사람은 좋은 판단을 내린 겁니다."

고개를 주억거린 지혜가 옆에 앉은 기철을 보며 악동처럼 웃었다.

"자, 어떡할래? 이래도 계속 밀당할래?"

기철은 지혜가 남는 촬영 장비 및 시설을 이용할 수 있도록 허락을 구하는 와중에도 아무 의견 없이 묵묵히 앉아만 있었다. 반항적으로만 굴었던 전과는 사뭇 다른 모습이었다.

*　　　*　　　*

두림예술고등학교 점심시간.

지호는 웅지, 해조, 마리와 함께 급식실 테이블에 둘러앉았다.

"…그래서 한국예술대학교 학생 두 명과 작업하게 될 거야."

지호의 말이 끝나기 무섭게 다들 놀란 표정을 지었다.

"하하하… 진짜 너도 대단하다. 그런 생각을 다 해내고."

"역시 우리 지호는 얼굴만 잘생긴 게 아니라니까? 정웅지, 너랑은 생김새부터 아이큐까지 전부 달라."

웅지와 마리는 여전히 투닥거렸다.

반면 해조는 수저를 내려놓으며 침착하게 물었다.

"그럼 이제부턴 뭘 어떻게 할 셈이야?"

지호는 그 질문에 대답했다.

"음, 이제 서로 소개하는 시간을 갖고 본격적인 제작 회의를 해야지. 2차 미팅 날짜는 이번 주 주말 중으로 잡을까 해. 정확한 시간이랑 장소는 아직 안 정해졌고. 다들 주말에 시간 괜찮아?"

웅지가 가장 먼저 말했다.

"내가 애인이랑 헤어진 날이라도 간다."

"너 애인 없잖아. 앞으로도 없을걸?"

마리가 일침을 놓자 웅지가 쏘아붙였다.

"너 자꾸 까불래? 보자보자 하니까 내가 보자기로 보이냐!"

한편 두 사람을 무시한 해조가 지호에게 말했다.

"다들 괜찮은 것 같네. 나도 콜."

지호는 고개를 끄덕였다.

"그럼 그때로 약속 잡을게!"

＊　　　　＊　　　　＊

2차 미팅 겸 제작 회의는 토요일 오후 두 시로 정해졌다.

장소는 한국예술대학교 교내 커피숍이었다.

두림예고 네 사람은 약속 시간보다 삼십 분 일찍 약속 장소에 도착했다. 웅지가 영상원 1층 로비를 두리번거리더니 의미심장하게 말했다.

"나는 꼭 여기 오고 말거다."

"지금 다니고 계신 학교나 졸업하고 말씀하세요. 고등학교나 정상적으로 졸업하면 다행이지."

"김말이. 너 자꾸 태클 걸래?"

"너나 지호 앞에서 자꾸 김말이라고 부르지 말라고!"

그때 해조가 엘리베이터 쪽을 보며 말했다.

"왠지 저 사람들인 것 같은데?"

모두의 고개가 일제히 돌아갔다. 지호 또한 엘리베이터에서 내리는 남녀를 보고 몸을 일으켰다.

"안녕하세요!"

지혜, 기철이 나란히 그들에게로 걸어오고 있었다. 그중 지혜가 밝게 웃으며 손을 흔들었다.

"오, 왔어? 우리 반말하기로 했던 거 맞지? 다들 반가워요. 지호한테 얘기 많이 들었어요!"

그녀는 모두에게 밝게 인사한 후 기철을 소개했다.

"이쪽은 내 동기 김기철. 지호한테 들었는지 모르겠지만, 성격이 워낙 까칠하니 물리지 않도록 조심들 해요."

웅지, 마리, 해조 모두 고개를 숙이며 인사했다. 다들 서로 통성명까지 하고 자리에 착석하자, 지호가 먼저 입을 열었다.

"오늘은 세부적인 프리프로덕션(Pre—production) 계획을 상의해 보도록 할게요."

그 순간 웅지가 노골적으로 마리에게 속삭였다.

"프리프로덕션이 뭔지 아는 사람?"

"몰라, 나도!"

대답한 마리는 창피한지 얼굴을 빨갛게 붉혔다.

두 사람의 모습을 귀엽게 지켜보던 지혜가 친절하게 설명해 주었다.

"자, 프리프로덕션은 본격적인 프로덕션으로 들어가기 전 모든 준비 과정을 말해요. 먼저 시나리오를 기반으로 스토리보드를 짜죠. 촬영 장소, 배우도 섭외해요. 마지막으로 대본 리딩, 스케줄 작성까지 마치면 표준적인 프리프로덕션이 끝났다고 볼 수 있어요."

"언니, 짱이에요!"

마리가 엄지를 치켜세웠다.

"고마워요. 그나저나 우리 모두 한자리에 모이니까 제법 그림이 나오는데? 지호도 감독 같고."

"하하, 정말 그런가요?"

두 사람이 제법 친해 보이자 마리는 금세 또 볼을 부풀렸다.

"아무리 언니라도 지호는 안 돼요!"

고개를 절레절레 내저은 지호가 다시 입을 열었다.

"자, 그럼 하던 얘기 계속할게요. 먼저 스토리보드는 카메라를 잡으실 분과 함께 시나리오를 정리한 뒤 그림으로 그려올 생각입니다. 제가 씬(Scene)을 그림으로 아주 잘 표현해 줄 수 있는 사람을 알고 있거든요."

"그게 누구지?"

기철이 대뜸 묻자 지호가 대답했다.

"제 기숙사 룸메이트요. 애니메이션 과예요. 그림도 제법 잘 그리더라고요. 잘 부탁하면 들어줄 겁니다."

그는 성진을 떠올리며 슬그머니 미소를 지었다. '잘 부탁하는 방법'은 간단했다. 먹을 걸로 꼬여내면 직방이었던 것이다.

'아주 완벽한 적임자야.'

흡족한 표정이 된 지호가 주위를 둘러보며 말했다.

"그럼 말 나온 김에 카메라감독부터 뽑을까요?"

"뭐, 굳이 뽑을 필요가 있나?"

기철이 툭 던졌다. 말투만 보면 카메라감독 자리를 맡아둔 것 같았다.

"김기철……!"

지혜가 무어라 하려던 찰나.

기철이 말을 이었다.

"당연히 연출이 잡아야 하는 거 아닌가?"

연출이라고 해서 모두가 카메라를 잡는 것은 아니다. 경우에 따라 다르지만 대개 감독은 전반적인 현장 지휘를 맡는다.

이 사실을 알고 있는 모두가 기철을 바라보았다.

그를 오랫동안 겪어온 지혜만이 속뜻을 알아채고 살짝 웃으며 부연했다.

"우리 둘 다 지호의 공모전 영상을 봤거든요. 실력을 인정한단 뜻이에요."

"아하."

모두가 고개를 끄덕이자 기철이 짤막하게 말했다.

"쓸데없는 소릴……."

한편 지호도 새삼스러운 눈빛으로 그를 보았다. 기철은 처음 만났을 때만해도 끝끝내 반대 의견을 펼쳤기 때문이다.

'하긴, 사람은 끼리끼리 어울린다던데… 생각보다 따뜻한 사람일지도.'

기철을 향해 살짝 목례한 지호가 말했다.

"다음은 촬영 장소 섭외입니다. 제가 오늘 밤까지 각자 메일로 시나리오를 보낼게요. 그럼 내용을 모두 훑어보시고 적합한 분위기의 장소를 찾아서 사진 촬영을 해주세요. 여러 각도에서 찍은 뒤 보내주시면 됩니다."

꽤나 효율적인 방법이었다.

이제 당면할 과제는 배우를 섭외할 계획을 수립하는 것이었다. 배우 섭외는 신인 감독에게 가장 큰 난제였다. 영화 자체의 흥망성쇠를 결정짓는 중요한 요소이기 때문이다.

"후. 드디어 배우 섭외가 남았네요. 언더에서도 연기력이 잘 알려진 경력 배우들은 개런티가 비쌉니다. 그렇다고 신인 배우들을 발굴하기에는 시간적 여유가 부족하죠. 좋은 의견이 있으면 발표해 주세요."

그때 지혜가 자신만만하게 왼손을 들었다.

"아, 제가 그사이 또 깜짝 놀랄 선물을 준비했다는 거 아니에요?"

"선물이요? 벌써부터 기대되네요."

지호가 눈을 반짝였다. 그러자 지혜는 의미심장한 미소를 지으며 대답했다.

"제 남자 친구가 우리학교 연기과 학회장이에요. 잘됐다 싶어서 부탁 좀 했지. 그랬더니 잘하는 후배로 두 명 뽑아서 보내준다고 하더라고요? 바라는 이미지가 있으시면 저한테 말씀하시죠, 감독님."

그녀는 지호에게 존대까지 하며 능청을 부렸다.

지호로서는 마른하늘에 단비 같은 소식이었다.

정말이지 마음 같아선 뽀뽀라도 해주고 싶은 심정이었다. 물론 임자 있는 몸이니 그럴 일은 없겠지만. 그 대신 지호는 말로서 최대한 고마움을 표했다.

"감사해요, 누나! 이 은혜 잊지 않을게요."

그러나 지혜는 고개를 저었다.

"당연한 건데 뭘 그래? 너 혼자만의 영화가 아니고 우리 모두의 영화잖아. 아직 좋은 배우를 뽑은 것도 아니고."

"하긴, 그렇지. 좋은 배우를 뽑는 것도 감독의 역량이니까. 대개 안목은 경험과 비례하는데, 걱정이군."

기철이 날름 받아서 비꼬듯 말했다. 하지만 그 안에 내포된 것은 결국 영화가 잘됐으면 좋겠다는 뜻이었다.

어느새 기철의 톡 쏘는 화법에 적응해 버린 지호는 차분하게 미소를 그리며 대답했다.

"음, 어차피 사람도 몇 명 없는데 모두 함께 연기를 보는 건 어떨까요? 배우들에게 현장감도 조성할 수 있고 좋을 것 같은데."

＊　　　＊　　　＊

그들은 오디션과 대본 리딩 날짜, 촬영 스케줄은 차차 상의해서 정하기로 합의를 봤다.

한국예술대학교와 두림예술고등학교의 학사 일정과 학과 활동을 모두 고려한 후 조율해야 하기 때문이다.

제작 회의를 마치고 기숙사에 돌아온 지호는 팀원들 메일로 시나리오를 보낸 후 씻고 누웠다.

그가 힐끗 눈을 굴리자 게임을 하고 있는 성진이 보였다.

"넌 공부 안 하냐? 숙제도 없어?"

성진은 지호를 쳐다도 안 보고 대답했다.

"다했다. 너 나가 있는 동안."

"하하, 그랬구나."

싱거운 추임새를 넣은 지호가 말을 이었다.

"너 알바 안 할래?"

"웬 알바?"

성진이 모니터를 주시하며 팔짱을 끼고 덧붙였다.

"빨리 말해. 내 주캐가 데마시아를 외치는 순간, 대답해 줄 여유 따윈 없을 테니까."

"이 자식, 게임만 하면 묘하게 까칠하네."

나직이 중얼거린 지호가 본론을 꺼냈다.

"아, 어쨌든 알바할 거야 말 거야?"

"그러니까 무슨 알바!"

"할 건지 말 건지만 말해."

"무슨 알바인지 말해야 하든 말든 하지!"

"너만 편하게 할 수 있는 알바. 다른 사람들은 하고 싶어도 못해."

"아오, 그러니까 무슨······!"

성진이 열을 내려던 찰나 지호가 말을 자르고 들어왔다.

"매일 매점 쏜다. 할래, 말래?"

솔깃한 제안에 성진은 갈피를 잡지 못했다.

불과 몇 초 후면 게임이 시작되기 때문이다. 그전에 대화를 끝내야 하지만, 지금 이 순간에도 시간은 흐르고 있었다.

비록 짧은 순간이었지만 초조한 느낌에 식은땀까지 흘릴 뻔했다.

"후, 오케이. 콜!"

그 순간 게임이 시작됐다.

─소환사의 협곡에 오신 걸 환영합니다.

지호는 때맞춰 휴대폰의 녹음 종료 버튼을 누른 뒤 말했다.

"그림 좀 그려줘. 애니메이션처럼 높은 품질을 바라는 것도 아니야. 스토리보드라서 구도만 신경 써주면 돼. 너한텐 콘티라는 말이 더 익숙하려나?"

"뭐? 그림을 그려달라고?"

크게 외친 성진은 모니터 화면이 흑백으로 변하자 고개를 홱 돌렸다.

"참나, 내가 성인 웹툰 알바로 얼마를 받는데······."

"성인 웹툰?"

지호가 되묻자 성진이 입을 틀어막으며 더듬었다.

"아니, 그, 그, 그, 그게 아니고······."

"이야. 보는 건 19세 이상인데 그리는 사람은 전체 연령가야?

누가 보면 전래동화 삽화인 줄 알겠다."

결국 성진은 고개를 푹 숙였다.

"어, 어차피 내 이름으로 올라가는 것도 아니고 일당 받고 그려주는 것뿐이다. 이, 일당도 조금 받고! 일거리 물어다 주는 사람이 다 먹지, 난 얼마 벌지도 못해."

"그런 일을 고등학생한테 시킨 것도 모자라 중간에서 다 떼먹는다 이 말이지?"

"야! 쓸데없이 신고하지 마. 소문나면 그마저도 일거리 안 들어오니까. 어차피 이 바닥에선 흔히 있는 일이라고."

"나 말고 누구한테 또 말했어?"

성진이 고개를 저었다.

"아무한테도?"

"그럼 이런 걸 누구한테 말해."

힘없는 대답을 들은 지호는 고개를 끄덕이며 말했다.

"앞으로는 돈을 아무리 많이 준다고 해도 부모님한테 말 못할 일은 하지 마. 그 일도 당장 때려치우고. 차라리 평범한 아르바이트를 해."

그때 불쑥 성진이 돌아앉았다. 게임 중에 처음 있는 일이었다.

놀라운 사건은 거기서 그치지 않았다. 뜻밖에도 그가 눈물을 글썽이고 있는 것이다.

'헐. 얘는 또 왜 이래?'

지호가 주춤거리는 순간 성진이 눈물을 뚝뚝 흘리며 울먹였다.

"흑흑. 네 부탁은 공짜로 도와줄게. 흑……."

"왜 이래?"

지호는 별수 없이 그를 토닥여줬다.

그러자 잠시 후 눈물을 닦고 안정된 성진이 물기가 남은 어투로 말했다.

"후, 오프라인에서 날 이렇게나 생각해 준 타인은 네가 처음이다. 고맙다."

"별게 다 고맙다. 아무튼 콘티 작업은 도와줄 거지? 구도만 입체적이면 졸라맨으로 그려도 관계없어."

"흠, 좋다. 영화 콘티는 처음이지만 한번 그려보도록 하지."

"땡큐!"

지호는 침대에 벌러덩 누워 휴대폰의 편지함을 확인했다.

이미지가 여러 개 도착해 있었는데 모두 팀원들이 보낸 사진들이었다.

말한 지 얼마나 됐다고, 모두 자기 몫을 충실히 해나가고 있었다.

'역시 열정 하나는 끝내주네.'

지호는 흡족한 얼굴로 머릿속에 섬광 기억으로 찍어둔 시나리오 내용을 떠올렸다. 그다음 씬 넘버와 사진을 하나하나 대조해 보며 잘 어울리는 장소를 생각해 뽑아봤다. 그때, 들고 있던 휴대폰이 부르르 몸을 떨었다.

지이잉— 지잉.

지혜의 전화였다.

"여보세요?"

―전화 빨리 받네?

"아, 휴대폰하고 있었어요."

―지금 누워 있는 거 아니야?

"기숙사에 CCTV라도 달아놨어요? 귀신이 따로 없네."

―훗! 목소리가 딱 누워 있는데 뭐. 그래도 자기 전에 생각 중인 배우 이미지는 꼭 보내놓으셔요, 감독님?

"얘기해 줘서 고마워요 누나. 하마터면 까먹을 뻔했어요. 지금 팀원들이 보내준 촬영 장소 후보 사진 한 장 빼고 다 봤으니까 이것만 마무리하고 바로 찾아서 보낼게요!"

―뭐 하나 허투루 하는 법이 없어서 믿음이 가네. 그럼 기다리고 있을게.

전화를 끊은 지호는 팀원들이 보낸 사진을 마저 확인한 뒤 인터넷에서 배역 이미지와 겹치는 연예인 사진 몇 장을 찾았다. 그는 사진을 보내며 한마디 덧붙였다.

―누나, 외모 자체보단 풍기는 분위기가 사진과 비슷한 사람으로 부탁드립니다!

머지않아 지혜에게서 답장이 왔다.

―내일까지 배우 사진 받아서 다시 보내줄게. 그나저나 양동휴 교수님께, 학교에서 오디션을 진행하게 해달라고 건의해 봤어. 대답은 ok! 단, 공강 때 빈 강의실에서 진행하는 걸로.

문자를 확인한 지호는 슬그머니 웃었다.

확실히 지혜는 일일이 말하지 않아도 알아서 발 빠르게 움직였다.

그녀는 자신의 촬영 경험이 헛되지 않다는 것을 몸소 증명하고 있는 것이다.

*   *   *

한국예술대학교 연기과 학회장이 보낸 두 사람은 1학년의 조용빈, 최유나였다.

먼저 용빈은 큰 키와 넓은 어깨, 뚜렷한 이목구비와 쌍꺼풀 없이 부리부리한 눈매를 가졌다.

한편 유나는 적당한 키와 하얗고 예쁜 얼굴을 소유하고 있었다. 그러나 성격은 예쁘지 못했다.

"다 좋은데… 내가 왜 너랑 동급이야?"

유나는 용빈을 빤히 직시하며 물었다.

물론 용빈의 입장에선 뜬금없는 시비였다.

"죽을래? 나도 우진이 형 부탁 아니었으면 너 같은 거랑 오디션 보러 안 왔다."

"그러니까, 불편하게 왜 우리 둘이 붙여 놨대? 괜히 너만 상대적 박탈감을 느낄 텐데 말이야."

대수롭지 않게 받아친 유나가 손에 든 대본을 돌돌 말고 영상원 건물을 올랐다.

"휴, 감독이 누군지도 안 밝히고 오디션을 주최하는 건 또 무슨 경우래!"

그녀는 하나부터 열까지 다 불만이었다.

뒤따르던 용빈이 고개를 내저으며 경고했다.

"속으로 말해라, 속으로. 스태프가 듣기라도 하면 어쩌려고?"

그러나 유나는 콧방귀를 뀌었다.

"들으라고 하는 소린데?"

"너도 참 징하다. 평소처럼만 싸가지 없어도 저절로 떨어질 텐데 뭘 그렇게 억지로 노력하냐."

나름 도발적인 언사였지만 유나한테는 씨알도 안 먹혔다. 그녀는 도리어 안쓰럽다는 식으로 말했다.

"아예 오디션을 안 보면 모를까 내가 떨어지긴 왜 떨어져? 아니다. 너희 같은 애들은 탈락이 일상이라 이런 자신감 자체를 공감하지 못하겠다."

그사이 두 사람은 3층 복도에 도착했다.

맨 첫 번째 강의실 문 앞에 '완벽한 인생 오디션 룸'이라고 안내문이 적힌 종잇장이 붙어 있었다.

복도 한쪽 벽에는 '입장 전 신발은 벗으시오'란 문구도 보였다.

"휴, 선배 부탁만 아니었어도."

크게 한숨을 내쉰 유나가 허리를 숙이며 발목까지 오는 워커를 벗었다.

바로 뒤에 서 있던 용빈은 순간 눈앞에 보이는 유나의 커다란 엉덩이를 한 대 걷어차 주고 싶어졌다.

앞으로 고꾸라지는 모습을 상상만 해도 통쾌하고 즐거웠다. 하지만 어디까지나 상상으로 그칠 뿐, 감히 계획을 실행할 엄두는 나지 않았다.

'얼마나 또 야무지게 지랄을 해대겠어? 어휴, 끔찍하다, 끔찍해.'

고개를 저은 용빈이 작게 신세한탄을 했다.

"이런 또라이랑 계속 엮이는 내 신세도 참……."

신발을 모두 벗은 유나는 복도에 배치되어 있는 의자에 다리를 꼬고 앉았다. 그리고 마치 손님이라도 된 것처럼 손을 흔들며 사람을 불렀다.

"여기요!"

복도에 목소리가 가득 울려 퍼졌다.

곧이어 강의실 문이 열리며 지혜가 나타났다.

그녀는 긴 머리카락을 대충 묶고, 단추를 두 개 풀은 흰 남방과 청 스키니를 입은 모습이었다.

"환영해요."

활짝 웃은 지혜의 시선이 유나에게 멈췄다.

"네가 유나구나?"

남자 친구가 보낸 후배였기 때문에 그녀는 굳이 존대를 하지 않았다. 바로 이 부분이 유나의 심기를 건드렸다.

"웬 반말?"

분위기가 순식간에 싸늘해졌다. 어이없다는 듯 인상을 찌푸리는 유나를 보며 피식 웃은 지혜가 답했다.

"같은 학교에, 교양도 겹치고, 나이나 학년도 내가 위고… 반말해도 문제없을 것 같은데?"

발끈한 유나의 얼굴이 후끈 달아올랐다.

그녀가 뭐라 말하려던 찰나, 옆에 서 있던 용빈이 손을 뻗어 도톰한 입술을 틀어막았다.

큼지막한 손이 유나의 조막만한 얼굴 전체를 덮자 눈코입이 잠시 제 기능을 못했다.

순간, 유나가 발버둥 치며 용빈의 손을 깨물었다.

"악! 이 미친 계집애가!"

용빈이 화들짝 놀라서 비명을 질렀다.

반면 유나는 씩씩대며 말했다.

"아오, 화장했을 때 내 얼굴에 손대지 말라고!"

상황을 가만히 지켜보던 지혜는 이마를 짚었다.

'사고뭉치들이라더니, 아주 개판이네.'

그때 강의실 안쪽으로부터 한 줄기 음성이 들려왔다.

"오디션 시작하겠습니다."

순간 유나가 고개를 갸웃했다.

'어디서 들어본 목소린데?'

그녀는 기억을 되짚으며 문 쪽을 바라봤다.

한편 강의실 문을 연 지혜가 두 사람을 안으로 안내했다.

"자, 들어가요."

방금 전까지도 티격태격하던 용빈과 유나는 살짝 굳은 얼굴로 발걸음을 뗐다.

막상 오디션 현장을 앞두자 긴장이 된 것이다.

마침내 정면에 앉아 있는 다섯 명 중 정중앙의 남자가 두 사람 쪽으로 고개를 돌리며 말했다.

"반갑습니다. 이번 영화의 연출을 맡은 신지호입니다."

Chapter 7
배우 낚아 올리기

"어? 저번에 영상원 앞에서 봤던……."

용빈은 긴가민가했다.

이때 유나가 반색하며 말했다.

"책은 잘 받았어요? 이런 식으로 또 보게 될 줄이야."

그녀는 테이블에 나란히 앉아 있는·다섯 명의 심사자를 살펴보았다. 하필 지호의 자리가 정중앙에 위치하고 있었다.

"와아, 진짜 감독인가 보네요?"

순간 심사자들의 표정이 살얼음처럼 냉랭해졌다. 단 한 명, 지호만 아무렇지 않은 얼굴로 대할 뿐이었다.

"네."

그는 내심 실소했다. 책 한 권으로 얽힌 인연이 오래도 간다.

더구나 그녀의 특이한 성격은 한 번 보면 잊을 수 없을 정도로 인상적이었다.

'악연도 인연이라고, 막상 여기서 보니까 또 반갑네.'

그때 용빈이 한 손을 번쩍 들며 물었다.

"저. 실례지만 이곳에 오기 전에 아무런 얘기도 듣지 못해서요. 우리학교 연출과 단독 작품이 아닌 건가요?"

한눈에 봐도 앳된 지호가 감독이란다. 더구나 자신보다 한참 어릴 게 분명한 두림예고 학생들 역시 눈에 밟혔다.

유나 역시 비슷한 시선을 보내고 있었다.

'뭐지? 우진 선배는 왜 우릴 여기로 보낸 거야?'

두 사람의 반응을 예상하고 있던 지호가 대답했다.

"네, 맞습니다. 이번 작품은 두림예고와 한국예대 연출과가 합작으로 만들 거예요."

용빈과 유나의 얼굴이 약속이라도 한 듯이 와락 일그러졌다.

"저희가 예상했던 오디션과는 좀 다르네요."

무뚝뚝하게 말한 용빈이 덧붙여 물었다.

"혹시 이번 작품의 목적이 뭔지 알 수 있을까요? 학교 워크샵이라든지, 학예회라든지."

그는 내심 지호가 한국예술대 학생들과 특별한 연고가 있어 도움을 받는다고 단정 짓고 있었다. 그래서 교내 행사에 대해 말한 건데 지호의 입에서 나오는 대답은 전혀 생뚱맞았다.

"아뇨, 미쟝센 영화제 경쟁 부문에 출품할 예정이에요."

유나는 어이없다는 듯 실소했다.

"일정은 잘 알아본 것 맞아요? 미쟝센 영화제는 1월에 이미 접수 마감된 걸로 아는데."

"아뇨."

지호는 고개를 저으며 덧붙였다.

"이례적인 일이지만, 올해는 다행히 추가 모집이 있다고 알고 있어요. 편집 기간을 고려해 기한을 맞추려면 늦어도 6월 초까진 촬영을 마쳐야 할 것 같고요."

"미쟝센 경쟁 부문이면, 날고 기는 감독들이 다 출품할 텐데요. 추가 모집이라면 더 치열할 테고."

용빈의 말을 들은 기철이 고개를 끄덕이며 대신 답변했다.

"맞습니다. 하지만 미쟝센은 다른 영화제들보다 젊고 컬러풀한 느낌을 가진 영화제예요. 참신한 아이디어만 있다면 얼마든지 노려볼 만합니다."

그는 '난 반대하지만'이라는 뒷말을 생략했다.

자신이 미쟝센 영화제에 나간다는 말을 듣자마자 입에 거품을 물고 반대했던 장본인이었음에도 불구하고, 배우들 앞에선 말을 아꼈다.

그때 잠자코 듣고 있던 유나가 지루한 듯 상황을 정리했다.

"미쟝센이든 칸이든 좋은데, 연기는 도대체 언제 해요?"

지호가 빙그레 웃으며 두 사람에게 물었다.

"자, 그럼 이제 시작할까요?"

한편 벽에 기대어 상황을 지켜보던 지혜는 피식 웃었다.

'쟤는 왜 저렇게 까불어? 지호가 제일 성숙하네.'

그녀가 커튼을 치고 형광등을 밝히며 말했다.

"이제 준비된 사람부터 연기 보여주세요."

유나는 기다렸다는 듯이 한 발 나섰다.

"제가 먼저 할게요."

그녀의 당찬 모습에 지호는 흥미를 보였다.

'전혀 긴장하지 않았네? 생각보다 잘할 지도.'

이런 오디션 따위는 씹어 먹을 듯이 자신감을 나타내던 유나였지만.

"픕."

마리가 저도 모르게 웃음을 터뜨리다 황급히 손으로 입을 틀어막았다.

대사 하나 없는 단편이었기에 몸짓과 표정만으로 연기를 해야 한다. 그러나 의자에 앉아 연기하는 유나의 몸짓과 표정은 어색하기 짝이 없었다. 그럼에도 그녀는 구슬땀을 흘리며 집중하고 있었다.

'어떻게… 저렇게 못 할 수가 있지?'

지호는 차마 입이 떨어지지 않았다. 솔직히 말하면 심사자들의 연기가 훨씬 그럴싸할 것 같았다. 유나의 연기를 가만히 보고 있노라면 손발이 오그라들었다. 쉽게 말해, 그녀는 '발연기'를 선보이고 있었다.

"휴."

반면 연기를 끝낸 유나는 기대감에 찬 표정으로 심사자들을 바라봤다.

'어떡해.'

어떻게 저 얼굴에 대고 '탈락'이라고 말할 수 있을까? 모두의 표정이 그렇게 말하고 있었다. 하지만 결과를 알려줘야 하는 지호는 어렵사리 입을 열었다.

"…오늘 오디션을 보러 와주셔서 감사합니다. 먼저 돌아가셔도 좋습니다."

충격을 받은 유나가 멍하니 되물었다.

"설마, 떨어진 건가요?"

"네… 맞습니다."

지호가 조심스럽게 대답했다. 더 고민해 보고말고 할 수준이 아니었다. 어떻게 한국예술대학교 연기과를 들어갔는지 의심이 될 정도였다.

아니, 유나의 연기를 본다면 모두가 의심할 수밖에 없을 터였다.

망연자실 서 있는 뒷모습을 지켜보던 용빈이 고개를 절레절레 저었다. 이런 상황을 예측하고 있던 그는 유나가 막상 떨어지자 괜히 짠한 마음이 든 것이다.

한편 유나는 아무 말 없이 강의실을 나갔다. 강의실에 침묵이 감돌고, 지호가 씁쓸한 표정으로 다시 입을 열었다.

"준비되는 대로 연기 보여주세요."

고개를 끄덕인 용빈이 집중하며 연기를 시작했다.

강의실을 나선 유나는 코트 주머니에서 꼬깃꼬깃한 대본을 꺼내 쓰레기통에 버리고는 입술을 질끈 깨물었다.

머릿속에 처음 입학했을 때가 떠올랐다.

모두가 '부정 입학'을 말하며 유나를 손가락질했다. 심지어 그전까지 호감을 표시하던 용빈조차도 남들과 함께 욕하지 않는 게 고작이었다.

억울한 마음에 교수님에게 합격 사유를 물어봤었지만 돌아오는 대답은 매번 한결 같았다.

'숨겨진 재능을 보았다', '마스크가 좋고 성적도 상위권이다', '열정이 풍부하다'는 등의 이유였다. 연기를 잘한다는 말은 그 어디에도 없었다.

'이대로는 절대 포기 못 해.'

유나가 걸음을 우뚝 멈춰 섰다.

이대로 포기하면 평생 구렁텅이에서 헤어나오지 못할 것만 같았다. 그녀는 몸을 돌려 생전 처음 쓰레기통 안으로 손을 집어넣고 대본을 도로 꺼냈다.

"후."

유나는 나직이 한숨을 내쉬며 자리를 떴다.

*　　　*　　　*

연기를 마친 용빈은 심사자 모두에게 박수갈채를 받았다. 두말할 것 없이 합격이었다. 좋은 연기를 보여준 그가 나가자, 남은 사람들은 자유롭게 자리를 잡고 회의를 시작했다. 가장 먼저 지혜가 말했다.

"여배우는 예상치 못한 복병이네요. 남자 친구한테 물어봤더니 사정이 있었다더라고요. 여배우 본인 프라이버시라 여기서 말하긴 좀 그렇고."

그녀는 지호에게만 속삭였다.

"학과 내에서 어울리는 사람이 없어서 아직 한 작품도 못했다고, 이번 기회에 좀 어울리면서 작품도 해봤으면 싶어서 보냈다네."

"아……."

지호는 고개를 끄덕였다.

'괜히 미안해지네.'

둘만 얘기하자 다른 이들이 원성을 터뜨렸다.

"와, 지혜 누나 진짜 너무하시네. 우리도 귀가 달려 있는데."

"맞아요! 앞에서 귓속말 하면 더 궁금해져요."

웅지와 마리가 너스레를 떨고, 해조도 고개를 끄덕여 동의했다. 기철만 계속 관심 없는 표정이었다.

그들을 보며 배시시 웃은 지혜가 화제를 돌렸다.

"남배우는 확정된 분위기고. 상황이 이렇게 됐으니 여배우를 다시 뽑아야 할 것 같은데… 다들, 누구 생각해 둔 사람 없어요? 나도 남자 친구한테 다시 한 번 부탁해 보겠지만 기대는 안 하는 게 좋을 것 같네요."

"흠, 구인 공고 올리고 일일이 오디션 봐서 뽑기에도 일정이 너무 타이트해."

기철이 말을 받았다.

모두가 고민하는 사이, 지호가 문득 뭔가 생각난 것처럼 화색을 띠었다.

"저, 잘하면 방법이 있을 것도 같아요."

기숙사에 돌아온 지호는 지난번 도서관에서 재회한 중학교 동창 강지원에게 전화를 걸었다.

—여보세요?

"강지원! 지금 기숙사야?"

—응. 왜?

"출출하지 않아? 안 바쁘면 기숙사 매점 앞으로 나와."

—바쁘지만 그래도 나갈게!

지원이 말을 이었다.

—대신 지금은 좀 그렇고, 여덟 시쯤이 좋을 것 같은데?

지호는 손목시계를 확인했다. 현재 시각은 일곱 시 정각. 앞으로 한 시간이나 남았지만 그는 흔쾌히 답했다.

"응. 그럼 여덟 시에 보는 걸로!"

전화를 끊은 지호는 슬그머니 웃었다.

도서관에서 갑작스러운 조우를 했을 때만 해도 다소 어색했었는데, 막상 오늘 통화해 보니 중학교 때와 같은 친근감이 느껴졌기 때문이다.

한편 성진은 웬일로 저녁 시간에 게임을 하지 않고 있었다. 그는 태블릿으로 그림을 그리는 중이었다.

"뭐해? 숙제?"

지호가 묻자 성진은 고개도 안 돌리고 대답했다.

"아니, 네가 써준 구도대로 그림 그리는 중. 근데 이거 나한테
도 도움이 되네. 애니메이션 제작할 때 참고하면 될 듯."

전에 없이 진지한 말투였다.

지호는 새삼스러운 눈빛으로 성진의 어깨 너머를 훔쳐봤다.
태블릿에는 정교한 그림이 그려지고 있었다.

'저렇게까지 할 필요는 없는데. 짜식, 제법이네.'

사실 스토리보드의 그림체는 전혀 상관이 없었지만, 지호는
차마 직설적으로 표현하지 못하고 돌려 말했다.

"이야, 이거… 지나치게 잘 그린 거 아니야?"

"훗. 이 정도는 껌이랄까."

성진은 콧대를 세우며 자신을 어필했다.

"그림을 잘 그리는 녀석들은 많지만 나처럼 빨리, 이런 완성
도를 뽑아낼 수 있는 놈은 많지 않을 거다."

"그런 것 같네. 하하……."

지호는 구태여 말리지 않고 그를 북돋았다.

"그래, 연습도 할 겸 열심히 그려줘. 이 형님은 약속이 있어
서 잠깐 나갔다 오마."

성진은 대답도 하지 않고 열중했다. 그 모습을 보며 미소를
띤 지호가 조용히 기숙사 문을 닫고 나왔다.

'평소에는 한심해 보여도 집중할 때는 또 멋있네.'

지호는 추리닝 차림으로 매점 앞에 도착했다. 십오 분이나

일찍 온 건데도 지원이 먼저 나와 있었다.

"강지원! 이럴 거면 왜 여덟 시에 보자고 해? 좀 더 일찍 보자고 하지. 오래 기다린 거야?"

지원이 제자리를 맴돌다 말고 지금 막 도착한 사람처럼 대답했다.

"나, 나도 방금 왔어!"

피식 웃은 지호가 말했다.

"여기 좀 앉아 있어. 뭐 먹을 것 좀 사올게."

그는 매점에서 1.5리터 이온 음료와 과자 몇 봉지를 사왔다. 그녀는 지호가 선택한 과자 목록들을 보더니 깜짝 놀랐다.

"어? 다 내가 좋아하는 것들이네?"

"네 취향을 좀 알지. 중학교 때도 과자 사오면 내가 종종 뺏어먹었었잖아."

"아~ 맞아. 네가 말하니까 중학교 때 생각난다! 그때 봤던 걸 기억하고 있던 거야? 너 기억력 엄청 좋다."

"뭐, 감동받고. 막 그래야 되는 거 아닌가?"

"올~ 세심한데!"

엎드려 절 받기가 따로 없었다.

그때 지호가 뭔가 발견한 것처럼 실실 웃으며 장난을 쳤다.

"뭐야, 너 화장한 거야? 와, 강지원 고등학교 왔다고 여자 다 됐네."

"비비는 중학교 때도 항상 발랐거든?"

지원은 부끄러운지 시선을 피하며 두 볼을 붉혔다.

그사이 지호는 과자 봉지를 뜯고, 음료를 종이컵에 따라주며
말했다.

"오랜만에 만났는데 짠 한 번 하자. 짠!"

두 사람은 음료수로 건배를 했다.

단숨에 잔을 비운 지호가 재차 입을 열었다.

"사실 나, 너한테 부탁할 게 있어."

"부탁? 뭔데?"

지원이 호기심을 보이자 그가 대답했다.

"이번에 내가 우리 반 친구들이랑 한국예술대학교 연출과 학
생 분들과 함께 단편영화를 찍을 거거든? 여배우가 필요한데,
네가 도와줬음 해서."

"우와! 진짜? 한국예대면 연출, 연기 모두 최고잖아. 어떻게
같이 작업하게 된 거야?"

"그게 말하자면 긴데……."

지호는 최대한 내용을 압축했다.

"배울 겸 같이 일해보고 싶어서 요청을 해봤는데 운 좋게 성
사됐어."

"헐, 대박 축하해!"

지원은 진심이 듬뿍 담긴 눈빛으로 말을 이었다.

"나도 배우로 참여하고 싶고, 엄청 좋은 기회라고 생각하지
만… 편입생이라 선배들이 눈여겨보는 눈치야. 더구나 1학년은
방학 때도 마음대로 외부 활동 못 하거든. 선배들이랑 같이 듣
는 전공과목 연습에도 빠지면 안 되고, 공연 올릴 땐 더 집중

해야 되니까. 연습 자체를 학교 끝나면 하고 있어서……."

그녀는 아쉬운 심정이 역력하게 묻어나는 말투로 길게 둘러 댔다. 마치 안 되는 이유를 나열하면서 자제하는 것처럼.

지호는 고개를 끄덕였다.

"그럼 어쩔 수 없지. 나중에 또 기회 있으면 얘기할게!"

그때 지원이 망설이며 입을 열었다.

"비밀로 해주면……."

"어?"

"네가 비밀로만 해준다면 참여할 수 있을 것 같아. 단, 선배 들이 알게 되면 난 죽음이야."

"그럼 방과 후 연습은 어쩌려고?"

"그건 내가 핑계를 대볼게. 학원 다니는 애들도 있으니까."

잠시 고민하던 지호가 고개를 끄덕였다.

"나야 그래주면 완전 고맙지."

"휴, 진짜 이러면 안 되는데. 도저히 포기 못하겠어. 내가 대 학가기 전까지 언제 한국예술대학교 언니, 오빠들이랑 영화를 찍어 보겠어, 안 그래?"

지원은 벌써 흥분한 것 같았다.

지호는 이때를 놓치지 않고 〈완벽한 인생〉의 시놉시스를 건 네줬다.

"일단 한번 읽어봐."

A4용지 한 장 분량으로 대략적인 내용만 쓰여 있었기에 지 원은 단번에 모두 읽어볼 수 있었다. 그녀는 호들갑스럽게 감탄

하진 않았지만 흥미진진한 미소를 보였다.

"난 상업 영화를 좋아해서 예술성 이런 건 잘 모르지만, 나름대로 전하는 바도 있고 반전도 있는 걸 보니 좋은 작품인 것 같아."

"어떤 걸 전하고 싶은지 알겠어?"

"응! 스펙 쌓기 같은 것에 치중하느라 소박한 행복 같은 걸 놓치고 있다, 뭐 이런 거 아닌가? 헤헤……."

"역시 똑똑해. 척 보면 척인데? 더 포괄적인 의미를 내포하고 있지만. 뭐, 일단은 비슷해."

지호는 아주 흡족해 했다.

"오늘 중으로 촬영 일정이랑 대본도 같이 보내줄게, 메일 주소 문자로 쏴줘. 오디션은 생략하고 현장에서 리허설 정도만 해보면 될 것 같아."

"후, 벌써부터 떨리네."

지원의 반짝이는 눈에 시선을 맞춘 지호가 말했다.

"시나리오랑 촬영 일정 한번 보고 내일모래까지 확실히 결정해서 다시 한 번 말해줘! 촬영에 들어가게 되면 무슨 일이 있어도 펑크 내면 안 되니까."

*   *   *

오디션 날로부터 삼 일 후.

유나는 비싼 외제차를 끌고 두림예술고등학교 교문 앞에 도착했다. 그녀가 선글라스를 벗으며 한숨을 내쉬었다.

"휴."

화장기가 전혀 없는 맨 얼굴이었지만 아름다운 미모는 여전했다. 지나다니는 학생들은 유나가 탄 차의 엠블럼을 가리키며 수군거렸고, 그녀의 미모에 다시 한 번 놀랐다.

"연예인인가 봐."

"오늘 우리 학교 무슨 행사 있나?"

"대박, 저 차 내 드림카인데!"

정작 유나는 저마다 한마디씩 하는 학생들을 신경도 쓰지 않고 있었다. 그녀는 교문 안으로 들어갈지 말지, 스스로의 자존심과 치열한 전투를 벌이는 중이었다.

"그래, 난 내 실력을 보여주기 위해 온 것뿐이야. 그깟 영화 촬영 안 해도 그만이야."

중얼거린 유나가 창을 내리고 자신을 구경하는 남학생을 불렀다.

"저기?"

"저, 저요?"

남학생이 자신을 가리키며 말을 더듬자, 그녀는 고개를 끄덕이고 물었다.

"혹시 이 학교 다니는 신지호라고 알아요?"

"신지호라면, 연출과 신지호… 요?"

남학생은 절로 긴장해서 딱딱하게 대답했다.

'신지호랑 무슨 관계지?'

그때 고개를 끄덕인 유나가 되물었다.

"알아요?"

"무, 물론 알죠."

대답을 들은 유나가 보조석 문을 열고 짤막하게 말했다.

"타요."

남학생은 주위의 부러운 시선을 느낄 새도 없이 고분고분 말을 들었다. 그를 태운 유나가 물었다.

"뭐해요? 신지호 있는 곳까지 안내 안 하고."

"아, 남학생 기숙사가… 이, 일단 쭉 직진하셔서 우회전하셔야 돼요."

우렁찬 배기음과 함께 차가 출발했다. 안내를 받은 유나는 지호가 지내고 있는 남학생 기숙사로 향했다.

*　　　*　　　*

오랜만에 게임에 접속한 성진은 만면에 의미심장한 웃음을 짓고 손가락을 풀고 있었다.

이틀이나 게임을 뒷전으로 하고 스토리보드에 매달렸기 때문인지 로딩 시간 동안 남다른 기대감이 치솟았다.

"후훗. 트롤 새퀴들. 내가 가시까지 모조리 발라먹어 주겠어."

흥분에 젖은 목소리로 중얼거린 순간.

똑똑똑.

노크 소리가 들려왔다.

성진은 눈살을 찌푸리며 현관문에 대고 외쳤다.

"누구세요?"

대답 대신, 다시 노크가 울렸다.

똑똑똑!

이번에는 조금 더 큰 소리였다.

동시에 성진의 발목을 잡는 기계음.

─소환사의 협곡에 오신 것을 환영합니다.

성진이 신경질적으로 중얼거렸다.

"젠장."

온라인 게임이니 일시 정지를 할 수도 없는 노릇. 이도저도 못하고 있는 사이, 노크 소리는 과격으로 치닫고 있었다.

쾅쾅쾅!

혹시나 기숙사 사감 선생님일 수도 있었다.

'아오, 대체 누구냐고! 왜 대답을 안 해?'

결국 성진은 캐릭터를 가만히 세워두고 문을 열었다.

"대체 누구십니까!"

눈앞에는 종종 보던 여학생 두 명이 서 있었다.

명찰 색깔은 노란색. 2학년이다. 성형으로 손을 많이 댄 얼굴을 한 여학생들은 모두 연기과였다. 성진이 그녀들의 신분을 알고 있는 이유는 간단했다.

"또 오셨어요? 남자기숙사는 여학생 출입 금지인데 어떻게 이렇게 자꾸 오시는……."

"사감 청소 시간에는 들어올 수 있거든. 사감 돌아오기 전에 가야 하니까 빨리 말해줘. 혹시 안에 지호 있니?"

말을 자른 여학생이 성진의 어깨 너머를 살피며 다시 물었다.

"설마 오늘도 없어?"

"지호는 맨날 학교 끝나면 어딜 가는 거야?"

"후."

성진이 길게 한숨을 쉬며 분노한 얼굴로 외쳤다.

"신지호는 여자 친구랑 놀러 갔습니다!"

"뭐?"

"야, 신지호 여친 없거든?"

여학생들이 격한 반응을 보였지만 성진은 아랑곳하지 않고 진지하게 대답했다.

"뭘 모르시네. 신지호 같은 초미남이 여자 친구가 없다는 게 말이 된다고 생각하시는지요? 지금도 이렇게 누님들께서 애타게 찾으시는데 말입니다."

충격을 받은 여학생이 부정했다.

"그럴 리 없어!"

또 한 명은 아예 비틀댔다.

"아… 머리야."

물론, 성진이 보기에는 지랄도 풍년이다.

"정 보고 싶으면 촬영장으로 찾아가 보십시오. 신지호의 여자 친구도 중학교 때부터 예쁘기로 유명했던 얼짱 여배우니까. 지금은 알콩달콩 영화를 찍고 있겠죠. 그럼 전 바빠서 이만!"

그는 문을 쾅! 닫았다. 순간 밖에 있던 여학생들의 목소리가 들려왔다.

"저 돼지가 말한 지호 중학교 동창, 우리 과 애 아니야?"

"누구? 편입생? 그러고 보니 며칠 전에도 둘이 매점 앞에 있는 거 봤다는 애들이 있었어!"

"맞아, 맞아. 그래서 둘이 사귀는 거 아니냐고 했던 애들도 있었어."

"그럼 같이 촬영 갔다는 애가 그 편입생인가?"

"한번 전화해 보자! 맞으면 죽었어. 감히 지 멋대로 외부 활동을 해? 안 그래도 생긴 것도 마음에 안 드는데……."

두 사람의 대화 소리가 점점 멀어졌다. 문 앞에 기대서서 내용을 고스란히 들은 성진은 뒤늦게 아차 싶었다. 진땀이 흐르고 동공에도 지진이 일어났다.

'어떡하지?'

쫓아가서 말린다고 해도 지호와 함께 있는 '얼짱 여배우'가 강지원이라고 자백하는 꼴이었다.

어쩔 줄 몰라 하던 성진의 시야에 모니터가 들어왔다. 게임이 시작됐음에도 움직이지 않자 팀원들이 채팅창에 욕을 한 바가지 퍼부어 대고 있었다.

동시에 성진의 머릿속에선 지호와 지원에 대한 생각 따위가 싹 사라졌다.

"내 실력을 보면 욕할 수 없을 거다! 이 트롤들아!"

성진은 와다다 달려가서 의자에 앉으며 비장한 눈빛으로 마우스를 잡았다. 그 순간.

똑똑똑.

노크 소리가 또다시 들려왔다. 성진은 데자뷔를 느끼고 몸을 홈칫 떨었다.

"이런… 젠, 장……."

중얼거리던 성진이 노트북을 덮어버리고 한숨을 푹 쉰 후, 천천히 일어나 현관으로 걸어갔다.

'만약 아까 그 여자들이 다시 온 거라면 선배건 나발이건 용기내서 욕을 할 테다.'

속으로 다짐하며 스스로와 약속한 성진이 문을 열며 물었다.

"누구……."

그는 말을 딱 멈췄다. 고개를 들어 상대를 보는 순간 입을 쩍 벌렸던 것이다.

"팝스타 아리?!"

자기도 모르게 속마음을 뱉고 말았다. 성진이 '팝스타 아리'라고 지칭한 눈앞의 여자, 유나는 그를 빤히 올려다보고 있었다.

'뭐야, 얘는? 신지호 룸메이트인가?'

속으로 생각한 그녀가 물었다.

"…신 감독 좀 만나러 왔는데요."

혹시 지호가 안에서 들을까 '신지호'로 호명하지 않았다.

그녀가 누굴 찾건 간에, 성진은 이미 동공이 몽롱하게 풀린 상태였다. 꿈에 그리던 이상형을 만났기 때문이다.

"저……"

성진이 더듬더듬 입을 열어 말했다.

"제 이상형입니다!"

순간 330밀리리터 짜리 탄산수를 마시고 있던 유나가 입에 머금고 있던 내용물을 뿜었다. 그러자 탄산수가 성진의 얼굴을 직격했다.

"이런……"

유나가 당황해서 벙쪄 있는 사이 성진이 얼굴을 소매로 대충 수습하며 씨익 웃었다.

"후훗. 괜찮습니다. 신지호를 찾으신다고요?"

그는 최대한 멋진 표정으로 덧붙였다.

"지호는 지금 촬영 나갔습니다. 시간 괜찮으시면 잠시 들어오시지요. 누추하지만……"

"하하. No, thank you."

손바닥을 펴 보이며 억지로 웃은 유나가 뒤돌아 걸음을 재촉했다.

기숙사 계단에서 기다리던 남학생과 재회한 그녀는 충격에서 벗어나지 못해서인지 대뜸 반말로 물었다.

"신지호랑 같이 사는 저 또라이 뭐야?"

걸음이 빠른 유나의 뒤를 잽싸게 따라붙으며, 남학생이 충실하게 대답했다.

"신지호 룸메이트요? 정성진이라고, 저랑 같은 애니메이션과인데요. 개는 왜요?"

무어라 대답하려던 유나가 한숨을 쉬며 고개를 내저었다.

"휴, 아니다. 너도 애니메이션과라고?"

"네, 그런데요?"

남학생을 빤히 보던 유나가 다시 한 번 고개를 저었다. 그녀는 먼저 차에 올라 문을 닫은 후 남학생을 버려두고 출발했다.

이내 두림예술고등학교 교문을 막 나선 유나는 갓길에 차를 대고 용빈에게 전화를 걸었다.

—여보세요?

그는 어제 늦게까지 선배들한테 붙잡혀 술을 먹었는지 칼칼한 목소리로 전화를 받았다.

자신이 잠을 깨웠음에도 전혀 개의치 않은 유나가 물었다.

"너 〈완벽한 인생〉 스케줄표 가지고 있지?"

—아, 최유나. 그건 왜?

"오늘 촬영하는 장소 좀 알려줘 봐."

—왜? 너 떨어졌잖아.

"그냥 좀 알려주지?"

—후… 잠깐 기다려.

잠시 부스럭거린 용빈이 이어 말했다.

—가서 꼬장 피우거나 그럴 거 아니지?

"내가 그 정도로 추해 보여?"

—뭐, 그거야. 어디로 튈 줄 짐작할 수가 있어야지. 아무튼 촬영 장소는 한국예술대학교 앞 '샛별 고시원'이야. 그럼 촬영

없는 난 이만 다시 잔다!

*   *   *

　지호, 지원은 대중교통을 이용해서 한국예술대학교에 도착했다. 이동하는 내내 두 사람은 단편영화 〈완벽한 인생〉과 배역에 대해 이야기 했다.

　한참 즐겁게 대화를 나누던 지원이 불쑥 물었다.

　"그런데, 다른 스태프들은?"

　"다들 현장에 미리 가 있지. 나는 너랑 만나서 출발하느라 좀 늦게 가는 거야."

　"후, 너무 긴장 돼."

　지호는 그녀를 보며 미소 지을 뿐 아무 말도 하지 않았다. 지원 역시 어떤 위로를 바라진 않았던지 도착할 때까지 혼자만의 생각에 잠겨 마음을 다스렸다.

　영화 촬영 첫날 들어갈 첫 씬(Scene)은 '여자'라는 인물이 성공을 위해 미친 듯이 공부하는 장면이었다.

　따라서 한국예술대학교 인근의 허름한 고시원에서 찍기로 정했다. 이 장소는 지혜가 보냈던 곳이었다.

　도착한 두 사람은 고시원 총무에게 얘기하고 현장으로 올라갔다.

　"후, 정말 퀴퀴하고 허름하네."

　지호가 손을 내저으며 말했다.

은은한 구린내, 좁고 지저분한 실내 전경에 지원도 충격을 받은 듯했다.

"이런 곳은 어떻게 찾은 거야?"

이 말에 대답을 한 건 콘티를 들고 촬영 현장이 될 방 내부 소품을 체크하던 지혜였다.

"완전 느낌 있죠? 반가워요. 전 이지혜라고 해요. 거창하게 말하면 이번 영화의 조감독 겸 미술감독을 맡고 있죠."

뿐만 아니라 지혜는 스태프들과 배우들의 일정을 고려해 스케줄 표를 만드는 일까지 도맡아 했다.

그야말로 없어선 안 될 존재인 그녀와 눈빛을 교차한 지호가 빙그레 웃으며 거들었다.

"우리 현장의 활력소 지혜 누나. 이쪽은 제가 전화로 말씀드렸던 같은 과 친구예요."

"아, 강지원입니다!"

지원이 허리를 숙이며 꾸벅 인사했다.

기철은 카메라를 비롯한 촬영 장비들을 점검하고 있었고, 두 림예고 학생들은 그를 보조하느라 정신이 없었다. 그들을 힐긋 본 지혜가 지원에게 말했다.

"이 안은 아직 한창 준비 중이니까 잠깐 나와서 저랑 리허설 해 볼까요?"

"아, 네……."

지원은 대답하며 지호를 애처롭게 바라봤다.

그 모습에 살짝 웃은 지호가 지혜에게 물었다.

"누나. 리허설 같이 봐도 되겠죠?"

*   *   *

지호, 지혜, 지원은 옆 빈방으로 향했다. 지호와 지혜가 침대에 나란히 앉았고, 지원만이 좁은 공간에 덩그러니 섰다.

"후. 긴장돼요."

지원은 숨을 고르며 긴장을 풀었다.

지호는 그녀가 내성적인 성격만큼 분위기에 약하다는 것을 알 수 있었다. 따라서 그는 느긋하게 기다려 주었다.

지혜 역시 재촉하지 않고 말했다.

"천천히 준비되면 시작해요. 촬영 장비 점검하는 데도 시간이 제법 걸릴 테니까."

고개를 끄덕인 지원은 시나리오를 떠올리며 배역에 몰입했다.

'대사 없이 어떻게 표현해야 좋을까?'

지호는 명확한 답을 제시해 주는 스타일로 대본을 쓰지 않았다.

그가 준 대본에는 전체적인 느낌만 나와 있을 뿐이었다.

결국 지원은 자신 나름대로 생각해 낼 수밖에 없었다. 그녀는 볼펜을 들고 비장한 표정으로 책상을 주시했다.

이글이글 타오르는 듯 강렬한 눈빛이 지호의 마음에 쏙 들었다.

'지원이한테 제안하길 잘했어.'

신의 한 수였다. 지호가 흡족하게 웃었고 지혜도 슬그머니 미소를 지었다.

'이미지가 좋네. 제법 연기도 잘하고.'

대사가 없고 동선 자체도 단조롭기 때문에 오히려 감정 전달이 어려운 연기였지만, 지원이 워낙 뚜렷하고 깨끗한 인상이라 그런지 표정과 눈빛에서 감정이 명확하게 전달됐다.

그사이 지원은 입술을 깨물며 노트에 무언가를 바쁘게 쓰고 있었다. 그녀의 숨이 가빠지고 이마에선 식은땀이 흘렀다.

그 모습이 심상치 않게 느껴진 지호가 말했다.

"됐어. 거기까지만 하자."

순간, 지원이 크게 숨을 터뜨렸다.

"푸후—!"

그녀는 가쁘게 숨을 골랐다.

지혜가 웃으며 고개를 절레절레 저었다.

"설마 숨을 참은 거예요? 절박한 느낌을 주려고?"

"후우, 후우… 네. 대본에는 '그로테스크한 느낌으로'라고 적혀 있는데, 제가 예전에 본 어떤 공포 영화에서 주인공 목 조르는 장면이 가장 기괴하고 기억에도 남았거든요. 그래서 숨을 한번 참아봤는데, 어땠어요?"

지혜와 눈빛을 교환한 지호가 빙그레 웃음기를 머금고 대답했다.

"질식하지만 않는다면 멋진 연기가 될 거야."

"진짜. 좋았어요!"

엄지를 세운 지혜가 말을 이었다.

"리허설은 이만하고, 현장으로 가볼까요?"

세 사람은 세팅이 다 되어 있는 촬영 현장으로 갔다.

방 안은 어두운 벽지로 꾸며져 있었다.

실내의 색감이 좁은 실내 공간과 어우러져 답답한 분위기를 조성했다.

책상 위에 올려둔 소품들 역시 생명이 없는 목각 인형, 배터리가 분리된 채 곳곳에 금이 가 있는 폴더형 폐휴대폰, 아무렇게나 찢긴 인스턴트식품 포장 껍질과 여기저기 구겨지거나 잘려 나간 컵라면 용기 등으로 섬뜩한 느낌을 줬다.

방 안을 둘러보던 지호가 혀를 내두르며 물었다.

"이거, 누나가 생각한 거예요?"

"이 정도까진 안 바랐는데 우리 스태프들이 아주 불쾌하게 잘 꾸며놨네."

지혜는 공을 기철, 웅지, 마리, 해조에게 돌렸다.

기철은 듣는 체도 않고 조명이 들어갈 위치를 잡고 있었다. 따라서 임무를 완수하고 현장에서 빠져나온 웅지, 마리, 해조만 뿌듯한 표정을 지었다.

"저 목각 인형들은 구해조가 구해왔습니다. 김마리는 인스턴트식품 포장 껍질, 컵라면 용기 같은 걸 편의점 쓰레기통을 뒤져서 가져왔고요. 기철이 형이 폐휴대폰을 빌려왔어요."

웅지의 설명을 들은 지호가 물었다.

"정웅지. 넌?"

"나? 나, 난 응원했지."

머쓱한지 그가 덧붙였다.

"무거운 거 들고, 잔심부름도 하고."

"네가 제일 고생했네."

피식 웃으며 말한 지호는 웅지의 어깨를 두드렸다. 대화하는 내내 지원을 곁눈질하던 웅지가 이제야 물었다.

"그나저나, 이 아름다운 여성분은 누구셔?"

"강지원. 앞으로 우리랑 같이 촬영에 임하게 될 여배우."

지호는 지원을 스태프들에게 소개했다.

"다시 한 번 정식으로 소개할게요! 이쪽은 제가 말했던 중학교 동창, 두림예고 연기과 강지원입니다."

지원이 고개를 꾸벅 숙였다.

"안녕하세요!"

지혜, 웅지, 마리, 해조가 열렬하게 박수를 치며 저마다 한마디씩 인사를 했다.

"다시 한 번 반가워."

"난 정웅지. 우리 친하게 지내자."

"우와, 너 진짜 예쁘다! 난 마리야. 김마리. 근데 지호랑은 언제부터 어떻게 알고 지냈어?"

"반가워. 난 구해조."

지원은 정신이 하나도 없었다.

한편 홀로 떨어져 있던 기철은 웅지에게 조명을 떠넘겼다.

"자, 무거운 조명 들고."

그는 지호를 보며 이어 물었다.

"촬영 시작 안 해?"

"아뇨, 해야죠."

가볍게 대답한 지호가 카메라를 잡았다.

손안에 한국예술대학교에서 빌린 묵직한 35㎜필름 카메라가 들어오자 심장이 미친 듯이 뛰었다.

헤이리 집 서재에 있는 서재현의 카메라는 모두 그가 카메라 감독을 기용하기 전에 쓰던 것들이었다.

항상 그런 고물들만 보다가 최신식 카메라를 잡자 느낌부터가 새로운 것이다.

"와아, 최고네요."

지호는 절로 감탄하며 어린아이처럼 천진난만하게 헤실헤실 웃었다. 마치 다섯 살배기 아이가 고대하던 장난감을 손에 넣은 것처럼.

잠시 후, 겨우 정신을 붙잡은 지호가 어서 촬영해 보고 싶은지 지원에게 물었다.

"지원아, 준비됐어?"

"응!"

지원이 고개를 끄덕이자 지호가 의자 뒤에 쪼그려 앉으며 카메라를 어깨 위로 올려 고정시켰다. 머릿속에 섬광 기억으로 찍어둔 카메라 도면(圖面)이 떠올랐기에 조작은 어렵지 않았다.

그때, 기철이 물어왔다.

"잠깐. 설정 숏은?"

설정 숏(Establishing shot)은 씬(Scene) 도입부에 사건이 벌어지는 공간을 보여준다.

그로 인해 관객에게 사건이 벌어지게 될 장소에 대한 정보를 제공한다.

대부분 설정 숏을 먼저 따고 촬영을 시작하는데, 지호는 이 과정을 생략해 버린 것이다.

그 점에 대해 지혜 역시 의문스러운 시선을 보내고 있었다.

'촬영 방식을 모르는 건가? 아니면 까먹고 빠트린 거?'

지호는 두 사람에게 대답했다.

"필름을 아끼려면 불필요한 숏은 줄여야 하니까 바로 들어가도 될 것 같아요. 일단은 더치 틸트(Dutch tilt: 카메라를 한쪽으로 조금 기울여 수평선을 기울게 만드는 기법)로 뒷모습을 찍을 생각이에요."

더치 틸트로 촬영하면 수직선과 수평선이 어긋나면서 불안감, 긴장감, 심리적 불균형을 자아낼 수 있었다.

그를 바라보고 있던 지혜는 눈을 반짝였다.

'역시, 제법이네. 원하는 분위기를 연출할 줄 알아. 중학교 때 찍은 공모전 작품도 그렇고 저런 건 도대체 어디서 배운 거지?'

그녀는 궁금증을 품은 채 촬영 시작을 알렸다.

"모두 조용히 해주세요. 촬영 들어갈게요!"

카메라를 든 지호는 말했던 것처럼 더치 틸트로 지원이 앉아 있는 실루엣을 촬영하고, 카메라를 고정시킨 채 조심스럽게 일어났다.

카메라는 한동안 지원의 어깨선을 비추더니 물 흐르듯 회색 벽에 드리운 그녀의 그림자를 담아냈다.

"컷."

조용한 한마디와 함께 카메라를 끈 지호가 덧붙였다.

"한번 봐주세요."

어떻게 나왔는지는 확인을 거쳐야만 알 수 있었다.

배우는 가만히 앉아 있고 카메라만 움직였으므로 이번 장면은 온전히 지호의 역량이었을 것이다.

바로 팀원들 중 노련한 경험과 실력을 가진 기철, 지혜가 화면을 먼저 확인했다.

"좋은데? 그치?"

지혜가 묻자 기철은 말없이 고개를 끄덕였다. 일견 무뚝뚝한 반응 같았지만 그의 마음속에선 강한 승부욕이 솟구치고 있었다.

'흔들림이 하나도 느껴지지 않아. 어떻게 이렇게 자연스러울 수 있는 거지?'

기철의 옆선을 보며 피식 웃은 지혜가 말했다.

"난 오케이."

기철도 고개를 끄덕이며 재차 동의했다. 그는 우르르 몰려드는 웅지, 마리, 해조에게 주의를 줬다.

"일단, 시간이 많이 없으니까 촬영 끝나고 확인해."

그들은 고분고분 기철의 말에 따랐다.

지원은 다음 장면을 고민하며 앉아 있었다.

그녀를 보며 지호가 말했다.

"네가 놓인 상황에 집중해서 몸이 움직이는 대로 연기했으면 좋겠어."

지원이 고개를 끄덕이고 대답했다.

"응, 준비됐어."

스태프들이 책상을 뒤로 뺐다. 지호는 지원의 맞은편에서 카메라를 잡았다. 이내 그가 지원에게 요구했다.

"카메라가 돌면 앵글을 직시하는 거야, 알았지?"

"앵글을?"

지원은 깜짝 놀랐다.

그녀가 학교나 학원에서 공부했던 기억으로는 배우는 카메라를 쳐다보면 안 된다고 했다. 그럼 관객이 배우의 시선을 의식하게 되고, 몰입을 방해한다고 여길 수 있기 때문이다. 그럼에도 지호는 고개를 끄덕이며 이 부분을 설명했다.

"카메라 너머에 관객을 응시한다는 생각으로. 넌 관객을 흠칫하게 만들 거야."

그가 말하는 것은 텐션 투 카메라(Tension to camera)였다. 관객들을 불편하게 만들어 긴장시키려는 것이다.

의도대로 된다면 지원의 뒷모습에서 시작된 긴장감이 이 부분에서 폭발할 터였다.

잠시 후 지호가 씨익 웃으며 덧붙였다.

"괜찮아, 편안하게 연기해 봐."

기철이 웅지가 들고 있던 조명 위로 천을 씌웠다. 은은한 빛을 조성해 어둑어둑한 분위기를 만든 것이다.

"이제 시작해도 돼."

기철의 말을 들은 지호가 고개를 끄덕이고 입을 열었다.

"롤."

카메라가 돌아간다.

그리고 이내, 지호가 신호했다.

"액션!"

Chapter 8
상대를 이해하는 법

본격적인 촬영이 시작되려던 순간, 어디선가 휴대폰 진동 소리가 들려왔다.

　지이잉— 지잉.

　낑낑대며 조명을 들고 있던 웅지가 저도 모르게 외쳤다.

　"어휴, 누구야?"

　"다들 촬영 전에는 휴대폰 끄기로 한 거 잊었나?"

　기철도 덩달아 눈살을 찌푸렸다.

　그 순간 지원이 주머니에서 휴대폰을 조심스레 꺼내며 좌우에 대고 고개를 숙였다.

　"아! 죄송합니다, 죄송합니다!"

　당장 전원을 끄려던 지원은 멈칫했다. 그녀는 이내 난처한 표정으로 말했다.

"저, 죄송하지만 학교에서 중요한 전화가 와서⋯⋯."

지호는 카메라를 내렸다.

'심상치 않은데.'

그는 속마음을 내색하지 않고 스태프들에게 물었다.

"급한 전화인거 같은데, 잠시 쉬었다 가도 될까요?"

거의 동시에 웅지가 조명을 던지듯 내려두며 말했다.

"후—! 무거워 죽는 줄 알았네."

"살살 다뤄. 조명 부서지겠다."

기철이 나무라자 웅지가 능청스레 웃으며 사과했다.

"헤헤. 형, 죄송합니다—!"

촬영이 중단되자 지호가 말했다.

"전화 받고 와도 돼."

"괜히 나 때문에 촬영장 분위기나 흐리고⋯ 미안해. 그리고 고마워!"

지원은 황급히 전화를 받으며 복도로 나갔다.

"네, 선배님! 16기 강지원입니다⋯⋯."

문이 닫히자 기철이 불만을 표했다.

"후. 가뜩이나 시간도 없는데."

"깐깐하긴! 학교에서 온 전화라잖아?"

지원의 편을 든 지혜가 지호를 보며 걱정스레 물었다.

"그보다, 난 촬영에 문제가 생길까 걱정되네."

지호는 섣불리 '그럴 리 없다'고 장담하지 못했다. 학교와 관련된 중요한 일이면 앞으로는 몰라도, 오늘 촬영은 펑크 날 가능성이 컸던 것이다.

'급한 연습이 있나? 지원이 성격상 별일 아니었으면 촬영 중간에 받진 않았을 텐데.'

곰곰이 생각하던 지호가 입을 열었다.

"혹시 모르니까 대비는 해둬야 하지 않을까요?"

"그렇겠지?"

고개를 끄덕인 지혜가 마치 대사로 써둔 것처럼 막힘없이 스태프들에게 지시했다.

"우선 카메라, 조명을 담당한 지호랑 웅지는 언제든 촬영 재개 할 수 있도록 준비해 줘. 김기철, 넌 오늘 학교 측에 연락해서 촬영 장비 대여 시간 늘릴 방법 좀 찾아보고. 마리는 용빈이한테 전화해서 오늘 촬영 가능한지 스케줄 체크해 줘. 또 해조는 '남자' 파트 촬영 장소에 미리 전화해서 오늘 이용 가능한지 물어봐줘. 난 전체적인 스케줄표 수정할 수 있게 준비해 둘게."

그녀는 스태프들을 능숙하게 통솔하며 만일 있을 돌발 상황에 대비했다.

지호는 혀를 내둘렀다.

'역시 지혜 누난 배울 점이 많아.'

이때 지원이 어두운 표정으로 들어왔다. 그녀를 본 스태프들 모두가 본능적으로 잘못됐다는 것을 알 수 있었다.

"휴… 죄송해요."

지원은 뭘 어디서부터 어떻게 말해야 할지 갈피를 잡지 못하고 있었다. 미안한 마음에 눈물이 핑 돌았다.

　"죄송해요……. 저 이번 촬영, 못 할 것 같아요."

　그녀는 금방이라도 눈물이 흐를 듯 붉게 충혈된 눈을 소매로 감췄다. 뜬금없는 통보를 들은 팀원 모두가 크게 놀랐다. 오죽하면 이런 소식을 듣고도 무어라 대꾸하는 사람이 없었다.

　지호 역시 만만찮게 충격을 받았지만 마음을 다스리며 입을 열었다.

　"죄송합니다. 잠깐 둘이 얘기 좀 할게요."

　그는 이어 지원을 불렀다.

　"지원아."

　두 사람은 복도로 나갔다.

　지호가 먼저 차분하게 물었다.

　"무슨 일이야? 촬영 전에 우려했던 일이 일어난 거야?"

　지원은 그의 따뜻한 목소리를 듣자마자 또 한 번 울컥했다. 그녀는 눈물을 뚝뚝 흘리며 서럽게 울었다.

　"미안해… 흑흑. 미안해."

　지호는 잠자코 기다려 주었다.

　시간이 지나자 점차 안정을 찾은 지원이 심호흡을 하며 말을 이었다.

　"2학년 선배들한테 전화가 왔어. 분명 아무도 모르게 왔는데 너랑 촬영하는 것까지 전부 알고 있었어."

　현장 스태프들을 제외하면 그녀가 이곳에 왔다는 사실을 알고 있는 사람은 성진뿐이었다.

'성진이가 말한 건가? 하지만 걔가 어떻게 연기과 2학년들을 알지?'

지호는 순간 의문이 들었다. 성진과 연기과의 접점을 찾을 수 없었기 때문이다. 하지만 비밀을 누설한 가장 유력한 범인이 성진이란 것만은 변치 않았다.

"아마… 내 룸메이트가 흘린 것 같아."

지원이 큰 눈을 치떴다.

"그, 그래?"

"음… 정확한 건 확인해 봐야겠지만. 오늘 내가 기숙사에서 나올 때 정성진한테 너랑 촬영 간다고 했었거든."

지호의 표정이 눈에 띄게 어두워졌다.

"아, 괜히 너한테 불똥 튀는 거 아니야?"

지원은 고개를 세차게 저었다.

"아냐! 계속 촬영하는 건 힘들겠지만, 이런 일로 해코지 할 사람들은 아니야."

"그렇다면 다행인데, 그래도 혹시나 문제 생기면 꼭 말해줘. 괜히 내가 도와달라고 하는 바람에… 미안해. 부담 갖지 말고 어서 들어가 봐."

"응. 들어가서 설명하고, 인사하고 갈게."

지원은 눈물 자국을 닦고 희미하게 웃었다. 촬영 현장으로 돌아간 그녀는 스태프들에게 사과를 하며 자초지종을 설명했다.

"죄송합니다. 학교에 일이 생겨서 촬영을 못하게 됐습니다. 정말 죄송합니다."

그러자 곁에 있던 지호가 말했다.

"제가 잘 알아보지도 않고, 급한 마음에 무리한 캐스팅을 진행했습니다. 지원이는 제 부탁을 들어준 것뿐입니다. 죄송합니다."

그때 지혜가 불현듯 꺄르르 웃음을 터뜨렸다.

"두 사람 왜 이렇게 오버해요? 그러지 말고 고개 들어요. 그렇게 치면 우리 전부 다 잘못한 거예요. 연출이 사전 조사를 부실하게 했다면 스태프들이 나서서 바로잡았어야 하는 거니까. 영화는 뭐든 개인이 아닌 공동의 책임이에요."

"중요한 건 이미 일어난 일이 아니야."

웬일로 기철도 수긍했다.

그는 마리에게 물었다.

"남배우 스케줄은 체크했나?"

"조금 이따 연락 준다고 했어요!"

마리가 힘차게 답하며 지원에게 윙크를 했다.

웅지, 해조도 지원을 향해 웃음을 보여줬다.

"에이 뭘 이런 걸로? 난 조명도 부숴먹을 뻔했는데!"

"그러게."

팀원들의 배려에 감동받은 지원은 또 한 번 울음을 터뜨리며 현장을 떠났다.

그때 기철이 마리에게 다시 되물었다.

"자, 이제 진짜 말해봐. 조용빈 스케줄 어떻게 된 거야?"

사실 마리는 떠나는 지원이 덜 미안하도록 둘러댔던 것이다. 그녀가 이번에는 솔직하게 대답했다.

"그게… 오늘은 공연 준비가 있어서 힘들대요."

마리의 대답을 들은 지혜가 허무하게 웃었다. 남배우도 스케줄이 안 되면 오늘 촬영은 이대로 접어야 했다. 촬영 스케줄에서 하루를 까먹는 셈이다.

"하하. 다시 원점으로 돌아왔네. 여배우를 새로 뽑아야겠어."

지호가 고개를 끄덕이며 말했다.

"그래도 지원이 촬영분은 살릴 수 있을 거예요."

"하긴, 뒷모습만 땄으니까 가능하겠네. 그건 그렇고……."

지혜는 그의 어깨 너머를 보며 물었다.

"최유나가 왜 여기 있지?"

그녀 말대로 비좁은 현관에 유나가 서 있었다.

유나는 다른 스태프들을 무시한 채 지호만을 직시하며 입을 열었다.

"멀리서 듣자 하니 여배우를 다시 구해야 되는 상황인 것 같은데… 뭐, 원한다면 내가 해줄 수도 있어요. 날 떨어뜨린 건 황당하지만 그날 컨디션이 안 좋았던 건 사실이니까."

"아뇨."

지호는 모처럼 단호하게 대답했다.

"오디션 결과를 번복할 생각은 없어요. 시간이 촉박하다고 해서 반쪽짜리 배우를 쓸 수는 없으니까."

"뭐, 뭐라고요?"

유나는 미간을 찌푸리며 되물었다.

"반쪽짜리 배우?"

고개를 끄덕인 지호가 말했다.

"예쁜 얼굴과 여기까지 찾아온 용기는 인정해요. 하지만 자신감에 비해 너무나 형편없는 연기력과 팀워크를 해칠 수 있을 정도로 과한 자존심이 탈락 이유입니다."

＊　　　　＊　　　　＊

지호의 말을 들은 유나는 모욕감을 느꼈다. 입술을 꽉 깨문 채 딱딱하게 굳은 표정으로 서 있던 그녀는 몸을 홱 돌려 현장을 떠났다. 서둘러 층계를 내려가는 발걸음 소리를 들으며 지혜가 물었다.

"좀 심했나?"

"아뇨. 그래도 솔직하게 알려주는 게 저분한테도 더 도움이 될 거예요."

"흠, 신지호. 이럴 때 보면 또 의외로 냉정해 보인단 말이야."

지호는 어깨를 으쓱여 보이곤 스태프들과 함께 무거운 장비를 날랐다. 그들은 남녀 할 것 없이 장비를 들고, 메고 학교의 빈 강의실까지 옮겼다.

강의실에 도착하자마자 소품 가방을 내려놓고 주저앉은 마리가 엄살을 떨었다.

"누가 파스 좀 붙여주라! 어휴, 벌써 어깨가 결린 것 같아. 아고고……."

그에 몇 배는 무거운 조명을 어깨에 짊어지고 온 웅지가 심드렁하게 말했다.

"야, 딱 보기에는 철도 씹어 먹게 생겼는데 무슨."

"허, 내가? 어딜 봐서? 나처럼 이렇게 아담한 여자가?"

"아담이 아니라 이브겠지."

"헐."

마리가 진저리를 쳤다.

"그걸 지금 개그라고… 너 진짜 저질이다."

"그나저나 넌 이름이 마리인데 성당 안 다녀? 마리아!"

"아, 제발. 그만 좀 해라."

또 한 번 질색한 마리가 이를 악 물고 해조를 보며 물었다.

"정웅지. 저 자식 죽일까?"

"아주 좋은 생각이야."

해조가 고개를 끄덕이며 대답했다. 그녀는 팔이 아픈지 어깨를 주물렀다.

두 사람을 게슴츠레 보던 웅지가 계속 불난 집에 부채질을 해댔다.

"무거운 건 남자들이 다 들었구만 하여간 엄살은……."

그때 기철과 지혜, 지호가 뒤따라 들어왔다.

짐을 내려둔 지혜가 손뼉을 치며 의견을 모았다.

"자, 우선 짐 옮기느냐 고생들 많았어요. 그나저나 여배우들을 전부 떠나보냈는데, 우리 이제 앞으로 어떻게 해야 할지 상의해 보자고요."

시간이 흐르는 와중에도 누구 하나 대답하는 이가 없었다. 여배우를 새로 뽑기에는 시간이 턱없이 부족했다.

결국 지호가 어려운 결정을 입 밖으로 뱉었다.

"다른 방법이 없으니, 우선 여배우를 새로 뽑아야 해요."

고개를 끄덕인 지혜도 거들었다.

"그렇지. 우선 시간을 단축하려면 한 번 오디션을 진행할 때 최대한 많은 배우들을 만나보는 게 중요할 테고."

"그럼 홍보 수단을 한번 말해볼게요."

지호는 펜과 노트를 꺼내들고 말을 이었다.

"일단 많은 배우들이 몰리는 인터넷 커뮤니티에 공고를 올려보는 게 좋을 것 같아요. 당장 생각나는 건 씬 메이커스(Scene markers)랑 카페 정도."

마리가 손을 번쩍 들었다.

"나! 꽤 여러 곳에 회원 가입이 되어 있어! 활동을 많이 해서 회원 등급도 높은 편이고. 헤헤."

"꼭 공부 못 하는 애들이 공부 커뮤니티 가입해서 공부 좀 하는 척하더라."

웅지가 딴지를 걸자 마리가 쏘아봤다.

두 사람을 보며 피식 웃은 지호는 마리의 이름 옆에 그녀의 임무를 적고 물었다.

"다른 건 또 뭐가 있을까요?"

그러자 내내 조용히 있던 기철이 대답했다.

"다른 학교 연기과도 알아보면 좋겠는데……."

"그건 내가 할게."

지혜가 나서며 덧붙였다.

"남자 친구가 다른 학교랑 같이 공연을 올린 적이 몇 차례 있어. 분명 아는 배우들도 꽤 있을 거야."

"와, 그것도 좋네요."

지호가 감탄했다.

더불어 기철이 말했다.

"그럼 난 스케줄 수정하고 촬영 장비 확보하지."

"뭔가 딱딱 맞아떨어지는데요? 오디션 때는 남자 역할부터 촬영할 수 있도록 부탁해요."

추임새를 넣은 지호가 나머지 두 사람을 바라봤다.

"웅지랑 해조는 오디션 준비에 매진해 줄 수 있지?"

웅지와 해조가 이구동성으로 답했다.

"응!"

이어 그는 모두를 바라보며 말을 이었다.

"그럼 저는 촬영 기간을 최소화하기 위해 배우 없이 찍어둘 수 있는 촬영 분량을 미리 확보할게요. 대역을 쓸 수 있는 특정 신체 부위나 물건만 클로즈업(Close-up: 피사체를 화면 가득 포착하는 기법)하는 장면들이요."

"호호. 역시 제법인데? 확실히 시간을 절약할 수 있겠어."

지혜가 감탄하자 지호는 씨익 웃으며 매듭을 지었다.

"다행히 죽으란 법은 없네요. 아까만 해도 앞이 깜깜했는데 머리를 맞대니까 대안이 또 나오고. 자, 그럼 각자 움직여 볼까요?"

* * *

집 차고에 도착한 유나는 단단히 뿔이 난 상태였다.

"뭐? 반쪽짜리 배우?"

지호의 얄미운 얼굴이 떠올랐다.

"하, 지가 뭔데 감히 날 평가해?"

말은 이렇게 했지만 마음은 여전히 찜찜했다.

유나는 차에서 시동을 끄고 내렸다. 그녀는 정원을 지나 집 안으로 들어갔다. 그 순간 부엌에서 요리를 하던 젊은 여자가 말을 걸어왔다.

"유나야, 밥은 먹고 다니는 거야? 요새 통 집 안에서도 보기가 어렵네."

유나는 계단을 오르려다 멈춰 선 채 공격적으로 대답했다.

"저한테 관심 끄시죠, 아줌마… 아니지. 나이 차이도 얼마 안 나는데 언니라고 불러드릴까요?"

"얘 좀 봐? 오늘따라 한 술 더 뜨네? 밖에서 무슨 일 있었어?"

그때였다. 흰 수염을 멋스럽게 기른 노인이 화장실에서 나왔다. 신문을 접으며 두 사람을 번갈아 보던 그가 장난스럽게 말했다.

"또 모녀 간에 사랑싸움 중이시고만! 이게 다 친해지는 과정이지. 그렇고말고. 그나저나 우리 딸! 아무리 그래도 새엄마한테 아줌마니 그런 말 쓰는 건 좀 심한 것 같구나. 흠, 우리 베이비 정도면 언니까진 괜찮을 것 같기도 하지만……."

"후. 말해 봐야 내 입만 아프지."

고개를 절레절레 저은 유나가 말을 이었다.

"젊은 여자랑 연애를 하시든 재혼을 하시든, 아빠 일에 참견하고 싶지 않아요. 아빠가 누구랑 뭘 하든 상관없지만 그래도 우리 집안에 들이려면 최소한 저한테 피해주지 않을 만한 여자인지 정도는 신경 써야 하는 거 아니에요?"

"흠……."

노인은 팔짱을 끼며 물었다.

"우리 딸, 설마 아직도 '해피' 이야기냐? 그래서 내가 그래도 우리 공주님 신경 써서 새로운 놈으로다가……."

"아악―! 아빠 그게 문제예요!"

빽 소리친 유나가 세차게 몰아붙였다.

"고작 강아지에 불과하다고 생각하시겠죠! 하지만 제게는 가족이었어요! 해피도, 엄마도!"

복받친 그녀는 눈물을 글썽거리며 말을 이었다.

"그런데 어느 날 새엄마랍시고 들어온 낯선 여자가 내 엄마래. 그리고 그 개 알러지 있는 여자가 멋대로 '해피'를 없애 버렸어요. 어느 날! 내 동의도 없이! 내 가족을 내쫓았다고요. 그런데도 아빤 아무렇지도 않게 큰 개를 한 마리 다시 사왔죠. 하하, 나 참……."

유나가 눈물이 범벅된 얼굴로 2층에 올라가 방문을 쾅 닫았다. 어쩔 줄 모르던 노인은 황급히 그녀를 따라 올라가 굳게 잠긴 방문을 두드렸다.

"유나야. 잠깐 문 좀 열어봐라. 에비가 할 말이 있어."

잠시 후, 문이 열렸다. 침대로 돌아간 유나가 무릎 사이에 얼굴을 파묻었다.

나직이 한숨을 쉰 노인이 다가가 말했다.

"네가 왜 또 그 얘길 꺼내는지 모르겠다. 밖에서 무슨 일이 있었던 거야? 뭐든 필요한 게 있으면 말해보렴. 이 아빠가 무엇이든 다 도와주마."

"하, 아빠가 절 돕는다고요? 아뇨. 아빠는 뭐든 돈으로 때울 거예요."

"아니다. 말을 해봐야 아빠가 알지."

유나는 고개를 저었다.

"전 아주 쪽팔리게 처음 본 배역 오디션에서 떨어졌어요."

"에? 누가 감히 우리 딸을 떨어트려? 누군지는 몰라도 보는 눈이 없는 게 확실하구만. 아빠한테 데려와! 아빠가 아주 혼쭐을 내줄테니!"

그는 말하는 중에도 손목시계를 확인했다.

"음, 아빠가 일이 좀 바빠서 어딜 좀 다녀와야겠다. 아무튼 우리 딸! 누가 괴롭히면 아빠한테 바로바로 얘기해! 알았지?"

"뭐, 언제는 안 바빴어요? 신경 써주는 척하지 마세요."

유나가 자조적으로 웃으며 말을 이었다.

"그리고 보는 눈이 없어서 떨어뜨린 게 아니에요. 제가 연기를 지독히 못할 뿐이죠. 사실 전 원래부터 알고 있었어요. 지금까지 제가 다른 애들과 달리 브레이크 없이 승승장구한 게 모두 아빠 덕이란 걸."

"으음……."

손목시계를 곁눈질한 노인이 슬며시 일어나 유나의 어깨를 토닥였다.

"이 아빠도 생각할 시간이 필요하니까 돌아와서 다시 이야기해 보자구나."

"…이젠 기대도 안 해요."

유나의 새침한 대답을 뒤로한 노인은 방을 나갔다. 그는 부엌에서 두 사람의 대화를 고스란히 듣고 있던 여자에게 당부했다.

"나는 또 일 보러 가봐야 하니까, 당신이 유나랑 대화를 좀 해봐요."

"알겠어요, 여보. 다녀오세요."

고개를 끄덕인 노인은 겉옷을 걸치고 나가 버렸다.

현관문이 닫히자 한숨을 푹 내쉰 여자가 중얼거렸다.

"하아, 이놈의 집구석… 힘드네."

한편 방 안에 홀로 남겨진 유나는 휴대폰을 만지작거리다 결국 용빈에게 전화를 걸었다. 한참 신호음이 울려온 끝에 무뚝뚝한 용빈의 목소리가 들려왔다.

―뭐야. 최유나?"

"어."

짤막하게 대답한 유나는 조금 망설이다 이내 결심한 듯 말했다.

"나 네가 말해준 촬영 장소에 가봤는데 여배우 관두는 것 같더라? 그래서 너희 이제 어떻게 하려고?"

―그걸 내가 어떻게 알아?

용빈이 황당하다는 듯이 말을 이었다.

―나 그날 촬영장에 없었잖아. 스태프들이 알아서 하겠지. 일단 오디션을 다시 본다는 거 같긴 한데… 근데 네가 그건 왜?

"그래서 그 오디션은 언제 본데?"

―너 설마 또……!

"아, 언제 보는데."

―하.

한숨을 쉰 그가 대답했다.

―이번 주 토요일 오후 두 시 우리 학교에서 봐. 야, 최유나. 오기 부려서 될 일이 있고 안 될 일이 있다. 뭐든 적당히…….

유나는 자신이 원하는 내용을 얻자 전화를 뚝 끊어버렸다.

"떨어져도 괜찮아. 상관없어. 하지만 날 무시하던 시선만은 바꾸고 말거야."

중얼거린 그녀는 오디션 때 쓰레기통에 버렸다가 되찾았던 대본을 서랍에서 꺼내 들었다.

*　　　*　　　*

며칠 후, 지호는 홀로 카메라와 수성 매직, 폐전구 몇 개를 가지고 촬영 협조를 받은 고시원 방을 찾았다. 곧장 화장실로 들어간 그는 밝게 빛나는 쨍쨍한 전구를 깜빡거리는 폐전구로 갈아 끼운 뒤 지워지는 수성 매직으로 벽타일 이곳저곳을 까맣게 칠했다.

"휴. 준비 끝!"

흡족하게 웃은 지호는 카메라 앵글을 통해 화장실 전경을 바라봤다. 퀴퀴한 냄새가 절로 연상될 정도의 음침한 분위기가 일품이다.

"온몸이 으스스한 게 제법 그럴싸한데?"

혀로 바짝 마른 입술을 축인 지호는 고도의 집중력을 발휘하며 카메라를 움직였다. 그는 주인공이 위치할 곳을 중심으로 360도 선회 촬영을 해 화장실 내부 모습을 보여준 뒤, 달리 줌(Dolly zoom: 카메라는 다가가고 줌은 당기는 기법)으로 반복되는 패턴의 벽면 타일을 촬영하여 현기증을 유발시켰다.

"후."

지호는 카메라를 천천히 내렸다. 잇따라 아직 심취해 있던 그의 몽롱한 표정이 드러났다.

'음, 오늘은 여기까지만 하려고 했는데……'

지금 이대로의 느낌을 살리고 싶어졌다. 그러나 다음 장면을 촬영하려 해도 배우가 없으니 진행이 어려운 상태였다.

잠시 고민에 빠져 있던 지호는 마침내 지원과 비슷한 체형의 팀원을 생각해냈다. 해조의 모습이 떠오른 것이다. 그는 망설이지 않고 그녀에게 무작정 전화를 걸었다.

—응. 지호.

"해조야! 지금 좀 나와 줄 수 있어?"

—응? 어딜?

"샛별 고시원! 지금 찍어야 하는 씬이 있는데 네가 대역 좀 서줬으면 해서."

—음.

잠시 고민하던 해조가 말했다.

—한 삼십 분 걸릴 텐데……

"응, 괜찮아!"

—그럼, 혹시 지난번 촬영 때 지원이가 입고 있던 옷 뭔지 기억나?

그녀는 미세한 부분까지 놓치지 않고 물었다.

지호는 촬영이 진행되는 동안 뜻 깊은 순간들을 스틸 컷(Still cut)처럼 섬광 기억으로 각인시켜 뒀었기에, 어렵지 않게 지원의 의상을 떠올릴 수 있었다.

"교복 위에 박시한 검은색 후드 집업을 입었어. 브랜드는 나이x. 다행히 로고는 없었고."

—너 기억력 엄청 좋다. 무튼 나도 나이x 집업 있으니까 이거 입고 갈게.

"잘 됐다! 고마워."

—응. 지금 출발할게.

해조가 전화를 끊었다.

지호는 마냥 기다리지 않고 '피 분장 재료'를 인터넷으로 검색한 후 근처 혹은 인근 대형 마트에 가서 올리고당과 식용색소를 구입하고, 약국에서 돌돌 말린 탈지면을 구입해 돌아왔다. 그다음 고시원에 있는 물과 커피 가루를 함께 넣고 끓여 분장용 피를 완성했다.

이제 흐르지 않을 정도로 탈지면을 적신 후 코에 넣고 압력을 가하면 피가 흐르게 되는 것이다.

지호는 자신이 뚝딱 만든 완성품을 뿌듯하게 바라보며 실실 웃었다.

'이거 생각보다 기발한데?'

그때 즈음, 해조가 도착했다. 그녀는 방바닥 여기저기에 널브러진 재료들을 보더니 물었다.

"이게 다 뭐야?"

"널 위해 준비를 좀 해봤지."

이내 지호는 해조를 쭉 스캔하며 전날 지원이 입고 온 의상과 일치함을 확인했다.

"오, 의상 완벽하다. 그럼 촬영 시작해 볼까?"

그는 눈치를 보며 덧붙였다.

"음, 아니면 좀 쉬었다 할래?"

해조가 표정 변화 없이 고개를 저었다.

"아니야, 시작하자."

"그래! 빨리 끝내고 가자."

흥이 난 지호는 친히 화장실 문을 열어줬다.

순간 문턱을 넘은 해조가 눈을 치뜨며 물었다.

"헐. 전구랑 화장실 모두 네가 이런 거야?"

"웅! 내가 미술감독 흉내 좀 내봤는데 어때? 괜찮아?"

"빈방이라고 이렇게 막 함부로 써도 되는 건가……."

"안 그래도 수습 가능하도록 수성 매직으로 칠했으니 너무 걱정 마."

지호는 자신의 작품을 자랑하는 예술가처럼 설명해 줬다.

"이 깜빡이는 전구 구하느라 무지 힘들었어. 폐전구들을 꺼내서 일일이 시험해 보고, 몇 개 추려서 가져왔거든. 아예 꺼져버리면 번거롭게 또 갈아 끼우고 촬영해야 하니까."

"그래도 대단하네."

감탄한 해조가 물었다.

"내가 할 일은 뭐야?"

"지금부터 내가 네 뒷모습이랑 그림자를 같이 찍고, 코피가 떨어지는 모습과 세면대를 잡고 있는 네 손을 같이 찍을 거야."

그 말을 들은 해조가 세면대 앞에 위치를 잡고 섰다.

"웅, 여기에 이렇게?"

"좋아. 자, 지금 넌 너무 열심히 공부해서 충분히 지쳐 있는 상태야. 여기서 '독기를 품고 더 열심히 공부하자!' 이런 느낌으로 가보자. 상체 살짝 숙이고 어깨에 힘 풀고. 오, 지금 아주 좋아."

지호는 문간에 앉은 채 카메라를 잡고 해조의 뒷모습을 담아냈다. 그러나 막상 가만히 보고 있자니 강렬한 느낌이 부족했다.

'화면을 살리고, 긴장감을 고조시키려면 숨통을 조이듯 서서히 다가가야 돼.'

지호는 욕심을 부리며 초점을 해조의 뒷모습에 맞추고 카메라를 전진시켰다. 그는 풀 샷(Full shot: 인물이나 배경 전체를 잡은 장면)부터 쭉 밀고 들어가 크레인 업, 룩 다운(Crane up, Look down: 카메라가 대상 위로 상승했다가, 수직 아래로 움직이며 촬영하는 기법)을 시도했다.

까치발을 든 상태로 무거운 카메라를 지탱하느라 손목이 꺾이고 팔에 힘줄이 돋아났지만 지호는 이를 악물고 버텨냈다. 이윽고 충분히 장면을 담은 뒤에야 그는 카메라를 내렸다.

"푸후—!"

해조가 뒤를 돌아보며 물었다.

"신지호. 괜찮아?"

"응. 그냥 카메라가 좀 무거워서."

대수롭지 않게 대답한 지호는 카메라 화면을 보며 물었다.

"방금 촬영한 장면인데, 같이 봐볼래?"

"응."

해조가 바짝 붙어서 화면을 주시했다.

이내 지호가 재생을 시키자 금방 촬영한 분량이 나오기 시작했다.

음침한 분위기 속에 해조의 뒷모습이 보이더니 시점이 느리게 다가갔다. 이런 움직임은 점점 긴장감을 고조시키다가, 해조의 얼굴을 막 비추려할 때쯤 끝나 버렸다.

"아……."

낮게 감탄한 해조가 의아한 듯 말했다.

"음, 뭔가 답답하다."

"그렇지? 여기선 답답하지만 지루하지 않은 느낌이 포인트야."

뿌듯하게 대답한 지호가 벌떡 일어나 가짜 피로 적신 탈지면을 해조에게 건넸다.

"이번에도 얼굴은 안 보이게 하되 코피가 떨어지는 씬을 촬영할 건데. 일단 코에 넣고 내가 신호를 주면 콧볼을 눌러서 피를 짜내면 돼. 점차적으로 후두둑, 떨어지게끔."

"응. 공포 영화에서 많이 봤어."

"좋아, 간다."

대답한 지호가 다시 카메라를 잡았다.

한편 얼굴을 돌리고 탈지면을 코 속에 삽입한 해조가 세면대 앞에 그대로 섰다.

"됐어?"

그녀가 묻자 지호가 위치를 잡아줬다.

"반 발자국 앞으로. 아니, 거기서 조금만 오른쪽으로 가줘."

해조가 그 말에 따라 신속하게 움직였다.

"지금은?"

"응. 좋아."

"코피 흘리는 신호는?"

"음, 내가 조금 있다가 네 어깨를 살짝 밀칠게. 그럼 그때 코피를 흘리면 돼!"

대담한 지호는 카메라를 작동시키며 신호를 보냈다.

"롤."

카메라가 작동한다. 이제부터 찍히는 모든 순간은 '장면'이 된다.

이윽고 지호의 싸인이 떨어졌다.

"액션!"

지호는 살금살금 변기에 올라서서 해조의 정수리 위쪽에 카메라를 위치시켰다. 그러자 시점이 해조의 머리 넘어 세면대를 비췄다. 촬영할 준비를 마친 지호는 무릎으로 해조의 어깨를 살짝 밀쳐서 신호를 보냈다.

이내 해조가 세면대 위로 코피를 떨어트렸다. 한 방울씩 낙하하던 핏방울이 이내 소낙비처럼 후두둑 떨어졌다. 여전히 교묘하게 그녀의 얼굴을 보여주지 않았다. 여배우 없이 시작한 촬영은 아쉽게도 거기서 끝이 났다.

"컷."

한마디와 함께 카메라를 내린 지호가 해조에게 말했다.

"고마워. 네가 바로 와준 덕분에 오늘 꽤 많은 분량을 찍었어.

"고맙긴 뭘."

해조가 살짝 얼굴을 붉히며 겸양했다.

"난 가만히 서 있다가 코피 나는 것밖에 안했는걸."

"아냐. 진짜 큰 도움이 됐어!"

고개를 저은 지호가 이어 물었다.

"연기, 해보니까 어때?"

"난 연출이 더 잘 맞는 것 같아."

대답한 해조는 괜스레 딴 곳으로 시선을 돌리며 속으로 말했다.

'새삼 네 실력이 대단하다는 것도……'

*　　　　*　　　　*

사흘 뒤, 2차 '여자' 배역 오디션.

공고를 올리고 인맥까지 이용해 백방으로 홍보했던 것치곤 소수의 지원자만 몰렸다. 특별한 이력이 없을뿐더러 명문대 단독 작품도 아니었기 때문이다. 더구나 개런티도 '추후 협의'로 표시돼 있었다. 심지어 복도에 도착한 지원자들마저도 긴가민가한 표정으로 수군거렸다.

"말이 미쟝센 영화제 출품이지, 정작 심사부터 떨어지는 거 아니야?"

"대부분이 그렇지 뭐."

"본래 배역이었던 여배우가 중간에 관둔 데에는 뭔가 이유가 있겠지?"

"그러고 보니 소문으로 듣기엔 고등학생 작품이란 말도 있던데……."

"에이, 설마. 한예대에서 오디션을 보는데?"

여러 추측과 낭설만이 맴돌았다.

문틈으로 그녀들을 지켜보던 지혜가 한숨을 내쉬었다.

"뽑는다고 해도 개런티에 따라 안 한다고 나올 가능성이 크겠어요. 가만 보니 다들 여기저기 지원해 보고 떨어지니까, 개런티 얼마나 줄지 분위기만 살피러 온 눈치야."

기철은 대수롭지 않게 대답했다.

"진작 예측했던 상황 아닌가?"

"뭐, 그건 그렇지만……."

지혜가 어깨를 으쓱이며 다른 팀원들을 보며 말했다.

"다들, 지원자들이 너무 성의 없어도 크게 충격받지 말라고. 일전에 본 조용빈이나 최유나는 그래도 연기과 학회장 부탁 받고 온 거니까 나름대로 최선을 다했던 거야."

*   *   *

잠시 후, 지원자들이 한 명씩 들어와서 연기를 보여주기 시작하자 지혜의 걱정은 무의미해졌다.

그들 대부분이 '여자'란 배역 자체를 이해하지 못하거나, 감정을 인위적으로 만들어내려 했다. 반면 연기를 잘하는 이들은 이미지가 맞지 않거나 성의를 보이지 않았다.

지호는 고개를 젓고 기철을 보았다.

"형. 어떻게 보셨어요?"

"외모는 둘째치고, 캐스팅할 만한 배우가 보이질 않았어."

모두의 생각을 대변한 그가 이어 말했다.

"벌써 마지막 지원자인데 이제 어쩔 셈이지? 유성실, 스물네 살. 작년에 우리 과 선배 졸업 작품하면서 캐스팅했던 배우다. 독립 영화에선 주연급이고, 단역 활동도 왕성하게 하고 있어. 연기는 잘하는데 개런티를 포함해서 상당히 요구하는 게 많았지."

웅지가 끼어들며 어색하게 물었다.

"하하… 이러다 3차 오디션까지 봐야 할 수도 있는 건가요?"

"쥐똥만큼 짧은 기간 내에 만들어야 하는 영화를 3차 오디션까지 진행한다? 제작비를 오버하더라도 배우 개런티를 많이 주고 구하는 편이 빠를 거야."

대답한 기철은 답답한 듯 눈살을 찌푸리며 말했다.

"전부 아무런 대책이 없는 건가?"

웅지가 좋은 생각이 난 듯 슬쩍 눈치를 보며 되물었다.

"팀원에게 협조를 구하면 되는 거 아닌가요? 얼마 전에 해조가 대역으로 촬영을 했었다던데……."

해조는 질색했다.

"야, 싫어."

"지원이랑 체형이 비슷한 게 너뿐이잖아? 마리는 더 작고, 지혜 누나는 더 크고. 한눈에 봐도 알아볼 수 있을 정도로 차이가 나니까."

"후."

웅지의 설득에 한숨을 푹 내쉰 해조가 마지못해 대답했다.

"일단 끝끝내 못 구하면 그때 다시 얘기하자."

두 사람을 보던 기철이 요점을 짚었다.

"시시한 공모전도 아니고, 미쟝센 영화제에 출품작에 스태프를 배우로 쓸 수는 없어."

그사이 머릿속으로 계산을 마친 지호가 전에 없이 어두운 표정으로 입을 열었다.

"나름 궁여지책(窮餘之策)은 있어요."

"뭐?"

기철이 묻자 그가 말을 이었다.

"제작비를 최대한 아껴야 하는 건 사실이지만… 배우를 구하는 일에 높은 개런티가 필요하다면 힘닿는 데까지 마련해 볼 생각이에요."

"돈이 어디서 나서?"

지호 역시 공모전 상금이 장소 섭외 비용이나 식비 등으로 모두 나갈 예정이란 사실을 알고 있었다. 그럼에도 그는 확고한 어조로 선언했다.

"자세히 말할 수는 없지만 정 힘들 땐 제가 알아서 예산을 마련할게요. 이 부분은 약속할 수 있어요."

지호는 이 자리에서 부모님이 남긴 유산에 대한 이야기까지 하고 싶지 않았기에 질문할 틈을 주지 않았다.

"누나, 마지막 지원자 불러주세요."

분위기를 살피고 있던 지혜가 문을 열며 마지막 지원자의 이름을 호명했다.

"유성실 씨?"

그러나 대답은 다른 곳에서 들려왔다.

"별 볼일 없는 오디션에 사람 불러놓고 너무 오래 기다리게 한다면서 그냥 휙 가버리던데요?"

복도 모퉁이에서 모습을 드러낸 불청객은 바로 유나였다. 그녀를 황당하게 바라본 지혜가 물었다.

"지난번 촬영 때도 그렇고, 뜬금없이 나타나는 건 취미야?"

유나가 팔짱을 풀며 대답했다.

"오디션에선 떨어져도 상관없어요. 내가 견딜 수 없는 건 처음 본 사람들 앞에서 무시당했다는 거니까. 내 연기에 대한 생각을 바꿔주러 왔어요."

"흠."

유나를 빤히 보던 지혜는 고개를 끄덕였다.

"좋아! 까짓 거 보는 게 어렵냐. 네가 무시받았다고 느낀 날, 그 장소에 있었던 사람들 모두 안에 있으니까 할 수 있으면 한번 해봐. 명예 회복."

성큼성큼 그녀를 지나친 유나가 강의실 안으로 들어섰다. 이

전과는 달리 당찬 발걸음이었다.

한편 유나를 본 팀원들은 모두 뜨악한 표정을 지었다. 설마 이곳까지 올 줄은 상상도 못했던 것이다. 지호 역시 만만찮게 놀랐다.

"아니, 그 대단하다는 유성실 씨는 어디가고……?"

웅지가 나란히 말했다.

"그러게… 성실 씨보다 더 콧대 높은 분이 온 거 같은데?"

팀원들이 가진 의문에 대한 대답은 지혜가 해줬다.

"그 잘나신 유성실 씨는 이름처럼 성실하지가 못해서 그냥 가셨답니다. 그 대신 의욕이 넘치는 최유나 씨가 여러분께 연기를 보여준다고 하니, 모쪼록 기대하셔도 좋을 것 같네요."

다들 당황했을 뿐 유나를 환영하는 분위기는 아니었다.

그러나 유나는 조금도 개의치 않고 철면피를 깔았다.

"할 말 끝나셨으면 이제 시작해도 될까요?"

물음을 받은 심사자들은 지호 쪽으로 시선을 돌렸다. 지난번 현장에서 단호하게 돌려보낸 사람이 지호였기 때문이다.

주목받은 지호가 천천히 입을 열었다.

"연기를 보기 전에 뭐 한 가지만 물어봐도 될까요?"

"뭐죠?"

"이미 두 번이나 기분이 상했을 텐데, 왜 다시 여기 온 거예요? 오디션이 〈완벽한 인생〉 하나만 있는 것도 아닌데. 이 부분에 대해서만큼은 신중하고 솔직하게 대답해 주세요."

예상치 못한 질문을 받은 유나의 눈동자가 떨렸다. 그녀는 평소와는 다르게 제법 진지한 표정으로 입을 열었다.

"전 사실 입시 때 빼고 오디션을 봐 본 적이 없어요. 제 동기들은 무대 심부름을 하며 선배들과도 공연을 올리지만, 저는 그것도 안 했었어요. 막연히 혼자 연기가 늘었을 거라고 생각하면서 지냈죠. 그런데 이런 작은 오디션에서조차 떨어졌죠. 절반 이상이 고등학생인 심사자들 앞에서 아주 모욕적으로!"

거기까지 말한 유나가 숨을 고르고 덧붙였다.

"…이 정도면 이제 이유가 되나요?"

지호는 썩 만족한 얼굴로 빙그레 웃었다.

"네, 충분합니다. 연기 준비되는 대로 보여주세요. 다들 괜찮으시죠?"

의례적으로 팀원들에게 묻자, 팀원들은 얼떨결에 고개를 끄덕였다.

이내 유나는 대본을 떠올리며 감정을 잡았다. 수차례 연습했던 동선은 이미 그녀의 몸에 고스란히 흡수돼 있었다. 자연스럽게 호흡하며 그녀가 움직였다. 그 움직임을 따라 감정이 살아나고 있었다.

"나는 절대 고향으로 돌아가지 않겠어."

이를 악물고 중얼거리는 결심이 선명하게 강의실을 울렸다. 유나는 대사가 없는 대본을 보며 직접 대사를 입혀 본 것이다. 그녀가 자신이 지어낸 대사들을 이어나갔다.

"신물 나는 그곳. 소똥 냄새, 형편없는 푸세식 화장실, 정신을 나가게 만드는 탁 트인 산과 들! 지겨워. 난 반드시 여기서 성공하거나… 아니면 차라리 죽겠어."

지호는 절로 고개를 끄덕였다.

'이전과는 확실히 달라. 대사가 연극 톤이라서 오히려 그로테스크한 분위기와 잘 어울려.'

그때 유나가 코를 잡으며 고개를 젖혔다.

"아……!"

신음을 흘린 그녀는 힘에 부친 듯 간신히 몇 발자국 옮기다 말고 책상을 붙잡고 몸을 지탱했다. 코피를 멎게끔 하는 연기를 보인 뒤 정면을 바라봤다.

표독스러운 눈빛!

연기가 끝나고, 지호가 감탄했다.

"생각보다 좋은데요?"

다들 고개를 주억거렸다.

그중 지혜가 거들었다.

"무슨 마법을 부렸는지는 모르겠지만 전에 선보인 연기와 상당히 대조되는 건 사실이야. 연습할 시간도 얼마 없었을 텐데."

이어서 지호가 말했다.

"네, 저도 동의하는 부분이에요. 연기 잘 봤습니다. 오디션 결과는 따로 연락드릴게요!"

마침내 유나는 희미한 미소를 지었다.

"그럼 연락주세요."

몸은 녹초였지만 기분만은 최고였다. 그녀는 식은땀을 닦으며 강의실을 나갔다.

강의실 문이 닫히자 뒷모습에서 눈을 뗀 지혜가 가장 먼저 의견을 냈다.

"정말 의외네. 스스로 만든 대사에 고민한 흔적도 보이고, 연기도 전에 비해 훨씬 나아. 모르긴 몰라도 밤잠을 설치며 연습했을 거야."

기철 역시 고개를 끄덕였다.

"어색한 부분이 완전히 고쳐진 것 같진 않지만… 독기만큼은 높이살 만해."

이미 호평이 줄을 잇자 웅지, 마리, 해조 세 사람은 따로 의견을 개진하지 않고 고개만 끄덕여 동의했다.

이윽고 팀원들의 면면을 응시하던 지호가 말했다.

"연기를 가장 잘한 지원자라고 말할 수는 없겠지만, 배역에 잘 어울릴 거라는 확신은 들어요. 무엇보다 인정받고자 하는 자존심과 집요함이 '여자'가 가진 성공에 대한 집착과 닮았다고나 할까?"

그는 짧게 덧붙였다.

"드디어 배역이 정해진 것 같네요."

Chapter 9
여배우 길들이기

결국 '여자' 배역은 유나로 결정됐다.

비로소 모든 준비를 마친 〈완벽한 인생〉 팀원들은 발 빠르게 제몫을 했다.

그 결과, 이틀 후부터 바로 촬영에 돌입할 수 있게 되었다. 팀원들은 저마다 무거운 장비를 하나씩 들고 고시원에서 집합하기로 했다.

"후우, 후우. 일일이 들고 나르는 것도 일이네."

장비를 내려놓으며 얘기한 웅지는 숨을 몰아쉬고 있었다.

피식 웃은 지혜가 물었다.

"너희 모두 연출과 오고 싶은 거 아니야?"

"당연하죠, 누나!"

"그럼 익숙해져야 할 걸? 학기 내내 주구장창 들고 다니게 될 테니까."

그 말에 웅지는 얼굴이 하얗게 질렸다.

'하, 진로를 다시 생각해 봐야 할지도…….'

아주 잠깐이었지만 진지한 고민이 들었다.

그때, 비좁은 고시원 방 안으로 팀원들이 속속들이 들어왔다. 다들 장비를 내려놓자 지호가 입을 열었다.

"자, 이제부터 세팅할까요?"

"잠깐!"

지혜가 흐름을 자르며 말했다.

"보통 촬영 시작 전에 기합을 넣고는 하지."

기철이 한숨을 쉬며 덧붙였다.

"이지혜만."

그는 별로 하고 싶지 않은 것 같았지만 다른 팀원들은 신이 난 표정이었다. 그중 한 사람인 지호가 밝은 목소리로 물었다.

"제가 정해도 될까요?"

"그럼. 원래 연출이 정하는 거야."

지혜가 대답하자 지호는 기다렸다는 듯 구호를 말했다.

"우리는 하나! 파이팅!' 어때요?"

"풉."

웅지가 웃음을 터뜨렸다.

"너도 참, 구호 센스 꽝이다."

"너 같으면 뭘 할 건데?"

마리가 고개를 삐딱하게 기울이고 묻자 웅지는 자랑스럽게 대답했다.

"싸우자! 이기자! 나가자! 아자! 아자! 이 정도 패기는 돼야 하는 거 아니야?"

"생각하는 거 하고는… 군대 가냐? 뭘 싸워?"

눈을 게슴츠레 뜬 마리가 나무라자 이번에는 해조도 고개를 끄덕이며 동의했다. 오죽하면 지혜마저 웅지의 의견을 묵살하고 말했다.

"자자, 그럼 우리 팀 구호는 우리는 하나! 파이팅! 으로 할게요!"

팀원들은 의욕 없는 표정으로 서 있는 기철의 주위로 모여들었다. 다들 둥글게 둘러서자 지호가 카운트를 외쳤다.

"하나, 둘, 셋!"

그리고 모두 한목소리가 됐다.

"우리는 하나! 파이팅!"

힘차게 외쳤지만 기대했던 것보다는 어색했다. 그들이 서로 쑥스러워하는 사이, 어느새 도착해 문틀에 기대어 빤히 지켜보던 유나가 물었다.

"지금 뭣들하는 거예요?"

팀원들은 저마다 딴청을 피웠다.

얼굴이 붉어진 지호만 헛기침을 하며 되물었다.

"아, 오셨어요?"

그다음, 최대한 자연스럽게 화제를 전환했다.

"잠깐 옆방에서 리허설부터 볼게요."

"그러죠, 뭐."

유나는 냉큼 고개를 끄덕여 보이곤 옆방으로 갔다. 그녀는 지호 앞에서 리허설을 했다. 오디션에서 보여줬던 연기와 유사했다.

'더 나아졌길 기대했는데… 똑같네.'

예전, 2차 오디션에서 봤을 땐 1차 때 보여준 유나의 실력과 대조되어 신선한 느낌을 받았었다. 그러나 객관적으로 본 지금의 연기력은 무난한 수준이었다.

동시에 지호는 스토리보드대로 촬영을 해도 되나 고민에 잠겼다. 완성도 높은 영화를 위해서는 무작정 스토리보드를 따르는 것보다 배우의 능력과 의견을 고려해야만 하기 때문이다.

마침내 유나의 연기가 끝나자, 지호가 입을 열었다.

"일단 콘티 먼저 볼까요?"

지호는 성진이 그려둔 스토리보드를 보여주었다.

음침한 화장실 안. '여자'는 코피를 흘리면서도 거울 속 자신의 모습을 뚫어져라 쳐다본다. 그다음 장면에서는 거울 속에 비친 '여자'의 모습을 보여준다.

그런데 여기서 문제가 생겼다.

'…배우의 능력도, 의견도 내 생각과 달라.'

유나가 리허설에서 보여준 동선에 따르면 '여자'는 코를 부여잡고 천장을 바라보다가 거울을 직시한다. 소름끼치는 눈빛이 아닌, 그저 표독스러운 정도의 느낌을 준다. 어쩌면 그녀가 보여줄 수 있는 연기력의 한계였다.

그 순간 스토리보드를 빤히 들여다보던 유나가 이견을 냈다.

"제 분석과는 좀 다르네요. 보통 사람이 코피가 나면 코를 부여잡고 얼굴을 젖히지 않나요?"

지호는 고개를 끄덕이고 설명을 덧붙였다.

"'여자'란 인물은 현재 자신의 모습이 불만스럽고, 완벽해지기 위해 병적일 정도로 집착을 보이고 있어요. 보통 사람과는 다른 행동 양상을 보일 수밖에 없는 거죠. 그 이질감이 관객을 긴장시키는 거고요."

그런데 중요한 건 관객을 긴장시켜야 할 유나의 연기력이 부족하다는 사실. 더구나 그녀는 고집도 황소고집이었다.

완전히 납득하지 못한 부분에 대해선 움직이지 않는 부류였다.

"음, 엄청 이상한데. 아무리 심리적으로 다르더라도 본능을 거스를 순 없는 것 아닌가요? 코피가 나든 말든 앞만 쳐다보고 있는다? 그건 어딘가 좀 모자라고 감각도 둔한 인물 같아 보이는데요. 한마디로 좀 바보 같아요."

그 말도 일리는 있었다.

배우의 연기력이 안 따라준다면 관객에게 충분히 그렇게 보일 수 있는 장면인 것이다.

곰곰이 생각하던 지호는 배우의 연기를 바탕으로 스토리보드를 바꾸기로 마음을 먹었다.

"좋아요. 그럼 이렇게 할게요. 코를 부여잡고 천장을 볼 때

손에 힘을 세게 주면 피가 철철 흘러서 입 주위까지 붉게 물들 거예요. 그 상태로 눈을 번쩍! 아주 크게 뜨는 거죠. 깜빡이지 않고 삼 초 정도. 그리고 나선 앞을 봅니다. 거울에 비추는 자기 자신을 무표정으로 빤히 보는 거죠."

지호는 '여자가 자신의 모습을 표독스럽게 바라보는' 한 장면을, '천장을 향해 고개를 들었다가 거울에 비친 자신을 보는' 두 장면으로 나눴다. 씬을 분배해서 동일한 느낌을 주고자 한 것이다.

이렇게 하면 유나가 생각한 동선과도 맞아떨어지고, 굳이 소름끼치는 연기력을 보여줄 필요도 없게 되는 셈이었다.

'촬영 기술만 있으면 부족한 연기력을 절제된 연기처럼 보이게 할 수 있겠어. 배우를 빛나게 만드는 건 내 몫이야.'

지호는 생각만으로도 신이 났다.

그 같은 열정이 전해졌는지, 유나도 더 이상 토를 달지 않고 고개를 끄덕였다.

"한번 해볼게요."

＊   ＊   ＊

리허설을 마친 지호, 유나는 현장으로 돌아갔다.

지호는 지혜, 기철과 바뀐 카메라 구도에 대해 상의한 뒤 촬영에 들어갔다.

먼저 화장실 씬.

지호는 사다리를 놓고 올라가서 카메라를 들었다. 그는 낮은 천장에 닿을까봐 몸을 잔뜩 웅크린 채 말했다.

"롤."

"모두 조용해 주세요!"

카메라가 작동하자 지혜가 외쳤다. 현장에는 정적이 감돌았다.

숨을 크게 내쉬며 긴장을 푸는 유나의 호흡이 느껴졌다. 함께 호흡하며 지호가 말했다.

"카메라 돌아가고 있으니까 준비되는 대로 시작하시면 됩니다."

그는 처음 서보는 현장에 부쩍 긴장한 유나에게 굳이 '액션' 신호를 주지 않았다. 잠시 후, 마음을 추스린 유나가 연기를 시작했다.

유나는 코피가 흐르자 코를 쥐고 뒤로 얼굴을 젖혔다. 그녀는 천천히 고개를 내려 무표정으로 거울을 바라봤다. 임팩트가 약했기에, 지호는 몇 번 더 같은 연기를 주문했다.

"눈빛이 조금 멍한데요? 이번에는 차가운 느낌으로 해볼 수 있을까요?" 라거나, "뒤로 얼굴을 젖힐 때 천장을 정면으로 바라보는 시선 처리가 좋을 것 같아요. 안과에서 눈이 감길까봐 집게로 고정시켜 둔 것처럼 번쩍! 떠주실 수 있나요?" 같은. 아주 미세한 차이를 두고 계속되는 주문에 유나는 지쳐갔다.

사실 지호가 이토록 많은 컷을 확보하는 데에는 이유가 있었다.

'최대한 여러 느낌의 컷을 확보해야 편집 때 제대로 된 장면을 만들 수 있어. 중요한 순간만큼은 필름을 아끼지 말자.'

물론 배우가 뚜렷한 NG를 내서 하는 촬영이 아닌데도 반복 촬영을 하면 배우 입장에서는 불만이 나올 수 있다.

따라서 지호는 촬영 시작부터 끝까지 시종일관 부드럽게 주문을 했다. 심지어 NG 혹은 OK 싸인도 내리지 않았다.

심적으로 편안하게 해주려는 노력 덕분인지, 성격이 새침한 유나도 반복 촬영에 대해 짜증스럽게 반응하지 않았다.

이윽고 촬영을 마친 지호가 말했다.

"자, 이제 방금 촬영한 장면들을 다 함께 확인하고 골라볼까요?"

원래 장면을 골라 이리저리 자르고 붙이는 편집은 감독의 권한이었지만, 지호는 모두를 초대했다.

유나와 스태프들이 옹기종기 모여들자 카메라 화면에서 방금 찍은 분량이 흘러나왔다.

전구가 깜빡이는 음침한 분위기 속에 코피를 흘리던 유나가 얼굴을 젖혔다. 그런데 클로즈업 된 유나의 얼굴이 오목 거울로 본 것처럼 둥글게 늘어져 있었다.

깜짝 놀란 유나가 물었다.

"이게 뭐야? 엄청 이상하게 나왔잖아?"

그 같은 반응에 다른 스태프들은 웃음을 참았다.

오직 기철만이 진지한 표정을 유지하며 말했다.

"어안렌즈(Fish—eve lens: 사각이 180도를 넘는 초광각렌즈)로 촬영했었나?"

지호가 빙그레 웃으며 고개를 끄덕였다.

"네. 우스꽝스러우면서도 섬뜩하지 않아요?"

지혜가 고개를 끄덕이며 인정했다.

"느낌 잘 살렸네. 렌즈는 언제 바꿔서 찍었대?"

어안렌즈로 촬영한 그전 장면과는 달리, 거울을 보는 장면은 표준 렌즈로 찍혀 있던 것이다.

웅지, 마리, 해조 역시 한마디씩 했다.

"와, 씨… 어떻게 선생님이 촬영한 것 같냐."

"그러니까! 역시 지호야! 이번 1학기 실기도 분명 1등일 걸?"

"…잘 찍었네."

비록 자신의 얼굴이 늘어진 유나는 만족하지 못하는 것 같았지만, 장면의 완성도가 높아진 것을 화면으로 보았기 때문에 불만을 토로할 수는 없었다.

'흥, 난 그래도 마음에 안 들어.'

그때, 지호가 말했다.

"모두 수고하셨습니다. 오늘의 마지막 촬영은 책상에서 공부하는 장면이에요. 장비 옮기는 동안 잠깐 리허설해 볼까요?"

유나는 고개를 끄덕였다.

그녀가 책상에 앉아 막 연기를 시작하려던 순간, 지호가 어디서 구했는지 모를 소품 하나를 꺼내 들었다.

머리카락을 촘촘한 잔디처럼 바짝 깎아놓은 '반 삭발' 가발이었다.

분장 소품을 본 유나의 얼굴이 와락 일그러졌다.

"설마 이걸 쓰라고요?"

이에 비하면 얼굴이 늘어졌던 어안렌즈 촬영은 망가진 축에도 못 꼈다.

고개를 끄덕인 지호가 담담한 표정으로 말했다.

"네. 그리고… 화장도 지워주셔야 할 것 같아요."

유나의 메이크업은 한 듯 만 듯 자연스러웠지만, 그로테스크한 분위기의 익스트림 클로즈업(Extreme Closeup: 클로즈업에서 특정 부위를 더 확대해 포착한 장면)을 만들어내기 위해선 더 큰 희생이 필요했다.

탐스럽고 풍성한 머리카락과 미모를 완성해 주는 메이크업. 이제 여성의 아름다움이자 자존심을 상징하는 이 두 가지를 모두 포기해야 하는 순간이 온 것이다.

타인의 시선과 외적인 모습에 유난히 민감한 유나는 울 것 같은 표정으로 말했다.

"차라리 날 발가벗기지 그래요?"

*　　　*　　　*

그렇게 물은 유나는 촬영 거부를 했다.

"난 못 해요."

지호는 그녀를 빤히 보았다.

눈이 마주치자 유나가 다시 말했다.

"난 못 한다니까?"

그녀의 목소리가 촬영장에 울려 퍼지자 스태프들이 수군거렸다.

"내가 이럴 줄 알았어. 왜 사고 안 치나 했네."

웅지의 말을 들은 마리가 고개를 끄덕였다.

"같은 여자로서 이해가 안 가는 건 아니지만……."

평소 무뚝뚝한 해조도 기분이 상했는지 한마디 거들었다.

"배우잖아? 진짜 머리를 밀으라고 한 것도 아닌데."

어수선해지는 분위기를 훑은 지혜가 나서려는 순간 기철이 그녀의 어깨를 잡았다.

그는 고개를 저으며 말했다.

"알아서 하게 일단 기다려 봐."

지혜가 시선을 돌려 지호와 유나를 보았다. 강한 거부권을 행사한 유나가 몸을 휙 돌려 현장을 등졌고, 지호는 속을 알 수 없는 표정으로 가만히 지켜볼 따름이었다.

"저런 까다로운 스타일은 다루기 힘들다는 거 알잖아?"

지혜가 묻자 기철이 되물었다.

"저 녀석의 역량을 믿는다고 한 건 너 아니야?"

"그건 기술적인 측면이고, 경력도 없고 나이도 어린데……."

"야, 이지혜. 넌 신지호 보모가 아니야. 연출은 신지호야. 그건 배우랑 스태프 모두를 아우를 수 있어야 한다는 뜻이지."

틀린 말이 아니었기에 지혜는 몸에 힘을 풀었다.

"후, 알겠어. 그럼 네 말대로 한번 지켜볼게."

한편 유나와 마주보던 지호는 마침내 입을 열었다.

"'연기를 잘하는 배우'로 인정받길 원해서 세 번이나 찾아왔 었던 거 아니에요?"

"그게 이 흉측한 가발과 무슨 상관이죠?"

유나가 되묻자 지호가 말을 이었다.

"예쁘다는 말은 신물 나게 들었을 텐데 더 필요해요? 지금 껏 외모를 내세워서 연기를 했다면, 이젠 단순히 예쁜 배우가 아닌, 멋진 연기로 인정받는 배우가 되고 싶지 않으냔 뜻이에 요."

'보여지는 것'이 중요한 유나는 귀가 솔깃했다.

그녀의 관심을 끄는 데 성공한 지호는 가방에서 노트북을 꺼냈다.

그는 이런 상황을 예측하고 미리 준비해 온 것처럼 침착하게 동영상 하나를 재생시켰다.

"잠깐 이것 좀 보시겠어요?"

"그게 뭔데요?"

유나는 목을 길게 빼며 모니터를 바라보았다.

모니터에선 최근 '골든글로브 최우수 여우조연상'의 영광을 안고 '세계에서 가장 아름다운 여배우 1위'에 선정됐던 이스라 엘 국적의 할리우드 여배우가 삭발한 모습으로 열연(熱演)을 펼 치고 있었다.

순간 지호가 물었다.

"이 여배우가 누군지 알죠?"

21세기 여성들의 섹스 심벌을 모를 리가 없잖은가?

유나는 고개를 끄덕이며 대답했다.

"당연하죠. 리나 프라다를 모르는 사람도 있어요?"

"그녀가 머리를 밀고 눈물, 콧물 범벅된 얼굴로 연기를 한다고 해서 추하게 보이나요?"

유나는 대답하지 못했고, 지호가 말을 이었다.

"전 아니라고 생각해요. 리나 프라다를 말해주는 건 그녀가 맡아온 역할과, 그녀만이 보여줄 수 있는 연기니까요. 리나 프라다만큼 아름다운 외모를 가진 여자는 있겠지만 그녀만큼 매력적인 이미지를 가진 여자는 드물 거라고 생각해요."

확고하게 매듭지은 지호가 노트북을 그대로 두고 일어났다.

"제 생각에 여배우가 특별한 이유는, 일반인들이 보여줄 수 없는 멋진 연기를 보여주기 때문이에요. 제가 말할 수 있는 부분은 여기까지입니다. 그래도 정 못하겠다고 한다면 다 같이 '여자'라는 인물의 심리를 표현할 새로운 방법에 대해 의논해보도록 하죠."

그는 이어 스태프들을 데리고 방을 나갔다. 유나가 혼자만의 시간을 보낼 수 있도록 자리를 비켜준 것이다.

유나는 동영상을 켜둔 채 고민에 빠졌다.

곧이곧대로 그냥 지나치기에는 동영상 속 여배우 '리나 프라다'의 모습이 너무나 아름다웠던 것이다.

"본인이 자진해서 할 거예요."

복도로 나온 지호는 확신했다.

참다못한 웅지가 물었다.

"노트북으로 대체 뭘 보여준 거야?"

다른 팀원들 역시 그를 궁금한 시선으로 주시하고 있었다.

지호는 대수롭지 않게 대답했다.

"우리 여배우가 목표로 해도 좋을 만한 사람을 소개해 줬어."

이번에는 지혜가 의문을 표했다.

"웅? 그게 누군데?"

"리나 프라다요."

다들 웃음을 터뜨렸다.

배꼽을 잡은 마리가 말했다.

"우리랑 동갑에 골든글로브에서 여우조연상을 받은 앤데, 누구라도 부러워 할 걸? 목표로 삼기에는 너무 먼 얘다."

"저 안에 우리 여배우님이 리나 프라다를 목표로 한다면, 난 제임스 캐머런 정도는 목표로 잡아야겠군."

웅지가 너스레를 떨었다.

지호는 피식 웃으며 대답했다.

"새우잠을 자도 고래 꿈을 꾸라고 하잖아?"

그때 잠자코 있던 기철이 혼잣말로 뇌까렸다.

"아니, 꽤 좋은 방법이야."

"응. 최유나 성격이면 충분히 통할 만해. 골든글로브 수상하는 장면을 보여주진 않았을 거 아니야?"

지혜가 맞장구를 치며 물었다.

과연 고등학교 때부터 배우며 스태프들을 데리고 작업을 해 본 두 사람은 좀 달랐다.

척하면 척 알아듣자 지호는 신이 나서 대답했다.

"네, 맞아요! '진짜 연기'를 보여줬죠."

"왠지 안 봐도 어떤 장면인지 알 것 같아."

지혜는 씨익 웃으며 기철에게 말했다.

"네 말이 맞았어. 굳이 내 도움 없이도 배우를 잘 설득하네?"

"기철이 형이 정말 그랬어요?"

지호가 묻자 기철은 고개를 휙 돌렸다. 늘 못 잡아먹어서 안달인 모습만 보이다가 내심 지호를 믿는 속마음이 들키자 낯간지러웠던 것이다.

그 모습을 재밌게 지켜보던 지혜가 손목시계를 확인하고 손뼉을 치며 정리했다.

"자, 그럼 이제 슬슬 들어가 볼까요?"

팀원들은 문을 열고 방 안으로 들어갔다.

침대에서 동영상을 보던 유나는 반 삭발의 가발을 쓴 채 책상 앞에 앉아 있었다.

웅지가 서둘러 제 입을 막았다.

"풉."

다른 팀원들도 애써 웃음을 참았다. 머리가 짧아진 유나의 모습보다, 강경하게 튕기던 그녀가 태도를 바꾸자 그게 더 우스웠던 것이다.

유나는 눈살을 잔뜩 찌푸린 채로 말했다.

"…얼른 찍고 끝내죠."

지호가 고개를 끄덕였다.

"자, 그럼 시작해 볼까요? 리허설 없이 바로 갈게요."

"리허설 없이?"

기철이 묻자 지호가 설명을 덧붙였다.

"아까 리허설 했을 때 보니까… 이 장면은 배우가 원래 생각해 둔 감정으로 끌어가도 될 것 같아서요. 한번 배우한테 맡겨보는 게 어떨까요?"

미심쩍은 눈빛으로 유나를 보던 기철이 고개를 끄덕였다. 그는 바로 커튼을 치고 조명을 세팅했다.

지호는 카메라를 잡으며 유나에게 말했다.

"편안하게 해주시면 되요. 배역에 몰입해서 감정이 가는 대로만."

"알겠어요."

유나는 고개 들 생각도 못한 채 콘티를 꼭 붙잡고 마지막 확인 작업을 하고 있었다.

'NG는 절대 안 돼!'

그녀의 머릿속은 빨리 이 거지 같은 가발을 벗고, 깨끗이 지워낸 입술만이라도 다시 칠하고 싶은 생각뿐이었다.

         *   *   *

결국 고집을 꺾은 유나는 바리캉으로 머리를 미는 시늉을 했다.

지이잉— 지잉—.

지호가 그녀의 실루엣을 촬영했다.

머리를 밀던 유나는 동작을 멈추고 잠시 그대로 앉아 있었다.

"컷."

지호가 말했다.

"바로 이어서 다음 장면 갈게요."

조명을 든 웅지가 위치를 잡았다. 그러자 독서실 책상의 형광등을 밝힌 것과 흡사한 강도의 빛이 유나의 얼굴을 비추었다.

카메라 화면을 통해 명암(明暗)을 확인한 지호가 고개를 내밀며 요청했다.

"조명이 너무 밝아요. 살짝 어둡게 가보는 게 어떨까요?"

팔짱을 끼고 지켜보던 기철이 환한 조명에 천을 덧대어 빛의 강도를 조절했다.

"이 정도?"

마침내 지호가 손가락을 동글게 말았다.

"좋아요! 그대로 갈게요."

그 순간 마리가 슬레이트(Slate)를 들고 왔다.

"몰랐는데, 이게 카메라 가방에 들어 있더라고."

듣던 중 반가운 소리였다.

지금까진 스케치북에 써서 때웠지만, 보다 효율적으로 편집 작업을 하기 위해선 슬레이트가 필요했다.

대부분 편집 단계에서 슬레이트에 기록된 씬(Scene) 넘버와 테이크(Take) 넘버로 장면을 구분할뿐더러, 이를 통해 사운드와 영상을 일치시키기 때문이다.

이내 책상을 앞으로 당기고 유나의 맞은편 정면에 자리를 잡은 지호가 입을 열었다.

"롤."

"촬영 들어갑니다!"

유나는 금세 연기에 몰입했다. 투덜대던 그녀는 온데간데없었고, 카메라를 빤히 응시하는 눈빛은 너무나 뜨거워 오히려 차갑게 보였다.

'이거야!'

지호는 크게 소리치고 싶은 마음이었다.

지금 두 사람이 호흡을 맞추는 텐션 투 카메라(Tension to camara)는 '카메라를 보지 말라'는 카메라 연기의 기본을 무시하는 촬영법이었다. 때문에 배우가 관객에게 감정 전달을 똑바로 하지 못하면 자칫 몰입을 깰 수 있었다. 그럼에도 유나는 모두의 걱정을 보란 듯이 뒤집으며 좋은 연기를 펼치고 있는 것이다.

카메라를 통해 그녀의 눈빛을 받고 있는 지호야말로 관객이 받을 느낌과 가장 가깝게 짐작할 수 있었다.

'하, 무서울 정도의 집착이 보여.'

어두운 조명, 머리를 바싹 깎은 여자. 두 키워드가 어우러져 만들어내는 분위기에 눈빛이 축축하게 스며든다.

그때 불쑥 유나가 미친 듯이 무언가를 쓰기 시작했다.

사각, 사각, 사각……

지호는 연필이 종이를 스치는 소리가 썩 마음에 들었다.

'잘하면 음향효과로 분위기를 증폭시킬 수 있겠어.'

이런 생각을 하고 있는 찰나, 연기에 과하게 힘이 들어갔는지 유나가 쓰던 연필심이 똑 부러져 버렸다.

순간 유나의 손이 멈췄다.

지호는 속으로 외쳤다.

'아니야, 조금만 더. 계속해!'

그 마음이 전해졌을까?

유나가 날카롭게 소리를 질렀다.

"아악!"

그녀가 신경질적으로 연필을 집어던진 후, 가발을 쥐어뜯으며 씩씩거렸다.

지호는 이 순간들을 놓칠세라 카메라를 단단히 부여잡고 고스란히 담아냈다. 연기가 완전히 멈출 때까지 그는 바싹 긴장한 채 카메라를 내리지 않았다.

뭐에 홀렸던 것처럼 화들짝 깨어난 유나가 물었다.

"휴, 애드리브 어땠어요? 괜찮았어요?"

그제야 카메라를 내린 지호가 엄지를 추켜세웠다.

"완전 자연스러웠어요. 그렇죠?"

그가 주위를 돌아보며 묻자 팀원들이 저마다 고개를 끄덕였다. 심지어 지혜는 박수를 쳐주었다.

"잘했어!"

그녀를 시작으로 박수 소리가 전파됐다.

유나는 울컥해 눈시울이 뜨거워졌다.

'내가… 잘했다고? 연기를?'

남들에게 인정받은 건 처음이었다. 중학교 때부터 연기를 해왔지만 칭찬은커녕 함께 호흡을 맞추려는 사람조차 없었던 것이다. 유나는 고개를 푹 숙이며 모기 목소리로 호응에 답했다.

"…다들 고마워요."

＊　　　＊　　　＊

유나가 열연을 보여준 덕분에 단번에 오케이가 나왔다.

그러나 지호는 같은 씬을 몇 번 더 촬영했다.

지호는 찍고, 그 앞에서 유나가 연기를 한다.

그 모습을 보고 있던 지혜가 작게 중얼거렸다.

"쟤 귀엽네."

"뭐라고?"

기철도 목소리를 잔뜩 낮추고 물었다.

그에 지혜가 대답했다.

"꼭 어린애 같지 않아? 계속 같은 장면을 찍는데, 저 새침데기가 불평 한마디 안 하고 부모 앞에서 재롱부리듯이 연기를 하고 있어. 네 말처럼 내가 괜한 걱정을 했네. 저렇게 잘해낼 줄은……"

기철은 묵묵부답이었지만 속마음만은 전적으로 동의하고 있었다.

'이 짧은 시간에 가진 거라고는 자존심뿐이던 여배우를 다른 사람처럼 바꿔 놨다.'

단순하게 생각하면 여기까지지만, 기철이 보기에는 그것뿐이 아니었다.

'전부터 느꼈던 거지만 연장자들과 작업하는데도 전혀 부담스러워 하지 않아.'

제대로 된 촬영을 해보고 확신이 들었다. 나이가 어려서 얕보일 것 같거나 자신의 말이 먹히지 않으면 보통 가야 할 길을 잃거나 지위로 억누르려하는데, 지호의 방식은 전혀 달랐다.

상대를 인정해 주며 능력을 활용하고, 결정적인 순간에는 그 두각을 드러낸다. 그런 행동이 숟가락질을 하는 것처럼 자연스러웠다.

"저런 천성은 날 때부터 가지는 거야."

기철은 짤막하게 지호를 인정했다.

새삼스러운 표정으로 그를 본 지혜가 물었다.

"네가 카메라 넘겨 줄 때부터 이상하다 싶었는데… 천하의 김기철이 웬일이래? 꼴통이라 그렇지 너 우리 학년 톱이잖아."

"모차르트를 보며 살리에리가 열등감을 가졌을까? 아니면 인정을 했을까?"

"음, 복합적인 감정이었겠지?"

기철은 고개를 끄덕였다.

"나도 그런 느낌일 뿐이야."

"뭐야, 어쨌든 자기 자랑이네. 너 자신을 살리에리라고 자평한 거잖아?"

"신지호는 모차르트고."

얼굴색 하나 안 바뀌고 대답한 기철이 덧붙였다.

"처음에는 우연의 일치려니 생각했는데… 첫 촬영 때부터 지금까지 카메라가 위치할 곳을 지도 보듯 단번에 찾아냈어. 보통 사람이 할 수 있는 일이라고 생각해? 수십 년 경력을 가진 감독들도 현장을 보면서 몇 번이고 고민하는 마당에."

"응? 설마 그 정도이려고? 만약 사실이라고 해도, 그럼 무슨 재미야? 어떤 숏이 나올지 예측하지 못하는 것 자체가 영화의 즐거움인데! 매 순간 미지의 영역에 한 발 떼는 기분이랄까?"

"글쎄… 신지호에게 직접 물어보든지."

두 사람이 바라보는 곳에는 진지한 표정의 지호, 유나가 있었다. 두 사람은 지금까지 촬영한 장면들을 함께 돌려보는 중이었다.

유나는 망치로 뒤통수를 얻어맞은 것 같은 충격을 받았다. 처음에는 화면을 통해 바라보는 자신의 모습이 어색하고 부끄러웠다. 하지만 점차 적응이 된 후에는 어느 정도 객관적으로 볼 수 있게 됐다.

그렇게 마주한 모습은 지금까지 본 적이 없던 '배우'로서의 자신이었다.

'내가 이런 구석이 있었나?'

그녀는 어색하지 않았고, 스크린에 나오는 배우들 같다. 정신이 팔린 유나를 보며 빙그레 웃은 지호가 말을 걸었다.

"어때요? 심혈을 기울여서 찍은 건데, 마음에 들어요?"

"후, 완전히요."

대답한 유나가 머뭇거리며 덧붙였다.

"…고마워요. 끝까지 설득해 줘서."

고슴도치를 연상시키는 가시 옷을 걷어내자 그녀는 어린 소녀의 모습이 됐다.

내일 아침이면 툴툴대던 본래 모습으로 돌아온다 할지라도 내밀한 속마음을 보였다는 것에 의의가 있었다. 그 사실에 기뻐하며, 지호가 대답했다.

"오늘 고생하셨습니다. 혼자 나오는 장면은 다 끝났어요. 그럼 마지막 회차 촬영 때 또 뵙겠습니다."

Chapter 10
시간을 단축하는 법

촬영을 끝마친 지호는 기철과 함께 한국예술대학교 영상원의 편집실로 갔다.

"선배들한테 들키면 죽음이다."

평소 무뚝뚝한 기철도 선배는 무서운지, 몇 번씩이나 같은 말을 반복하고 있었다.

지호는 고개를 끄덕이며 추임새를 맞췄다.

"감사해요, 형. 이렇게까지 해주시고."

아부 공세에 기철은 슬그머니 먼 곳으로 시선을 돌렸다.

"뭐… 내가 참여한 작품이기도 하니까. 필모그래피에 오점을 남길 수는 없지."

"하하, 그건 그렇죠."

편집실에 도착한 지호는 사방을 살펴보았다. 편집 프로그램은 컴퓨터로 몇 번 다뤄봤지만 편집실에 직접 와본 것은 처음이었다.

"오, 뭔가 프로가 된 느낌인데요?"

기철은 문을 잠그고 손목시계를 보며 서둘렀다.

"잔소리 말고 빨리 끝내자."

"네."

고개를 끄덕인 지호는 능숙하게 편집 프로그램을 만지기 시작했다. 헤이리에 있을 때 다뤄본 경험과 섬광 기억으로 각인해 뒀던 영상 편집 관련 전문서적의 내용이 어우러진 결과였다.

기철은 곁눈질을 하며 다시 한 번 놀랐다.

'이 자식 정체가 뭐야? 프로그램 만지는 솜씨가 3, 4학년 선배들 저리가라잖아?'

그러든 말든 지호는 완전히 몰입해 있었다. 그는 진지한 표정으로 화면을 빠르게 넘기며 물었다.

"형. 원본은 그대로 두고 편집본은 따로 저장해 둘게요. 제가 먼저 만져놓고, 부족한 부분은 형이 도와주면 어떨까요? 형은 편집실을 자유롭게 이용하실 수 있잖아요."

타당한 의견이었다. 과연 지호의 편집 실력이 능숙한 손동작을 따라갈 수 있을까 의문이었지만, 기철은 크게 걱정하지 않았다.

'어차피 전체적으로 만져야 될 거야. 지역 홍보 공모전 다큐

멘터리 영상과는 완전히 다르니까.'

영화는 미쟝센(Mise—en—scene: 한 프레임 내에 배우와 세트 디자인의 고정된 배열을 묘사하는 단어)을 감각적으로 살려야 하므로 다큐멘터리와는 차이가 컸다. 따라서 그는 걱정뿐만 아니라 기대도 하지 않았다.

"그렇게 하자. 우선 네가 1차적으로 최대한 만져봐."

"그렇게 할게요, 형."

지호는 해맑게 웃어 보인 뒤, 다시 편집에 몰두했다. 두 눈이 사냥감을 노리는 매처럼 날카롭게 빛났다. 두 손은 멈출 새도 없이 빠르게 노닐었다. 화면이 정신없이 지나가자 기철이 말했다.

"당장 선배들이 들이닥치진 않을 테니까 너무 서두를 필요 없어."

"네에."

지호는 대답하면서도 여전히 화면을 빠르게 넘겼다. 미리 정해둔 것처럼 분량을 과감하게 자르고 효과를 넣고 있는 것이다. 여러 번 되돌려보거나 여러 효과 사이에서 고민하는 경우가 없었다. 옆에서 지켜보던 기철마저 폭주하는 스포츠카에 타고 있는 것처럼 현기증이 났다.

"대체 뭘 보고 편집하는 거야? 아무리 내가 2차 편집을 한다고 해도 너무 대충하면 안 돼."

"네!"

이미 정신이 팔려 있는 지호는 같은 대답을 로봇처럼 반복할 따름이었다.

결국 기철은 고개를 내저었다. 화면을 돌려보지 않고 분량을 자르고 붙이는 건 불가능하다. 더구나 분위기에 부합하는 효과만 수십 가진데 잠시도 고민하지 않는다. 과감성은 인정하지만, 영상은 편집을 안 하느니만 못한 상태로 너덜너덜해졌을 것이다.

'내 기대가 너무 지나쳤던 거야.'

한편 지호는 신이 났다. 자신만의 공간에 와 있는 기분이었다.

그는 사고 이후부터 자신이 보았던 영화의 명장면이나 인상 깊었던 순간들을 모두 섬광 기억으로 찍어뒀다.

특정 언어를 많이 접하면 어느 순간 귀가 트고 말이 트듯이, 편집할 장면을 보는 순간 번개처럼 여러 섬광 기억들이 떠올라 잘라낼 분량이나 최적의 영상 효과를 순식간에 판단할 수 있었던 것이다.

점차 가속도가 붙었다. 기어코 삼십 분이 채 지나지 않아 지금까지 촬영한 분량의 편집을 모두 끝마쳤다.

기철은 실망한 눈초리로 손목시계를 확인하며 고개를 절레절레 저었다.

"너무 급하게 편집한 것 같은데… 네가 파일을 가져가서 다시 한 번 확인하고 주는 게 어때? 상태가 너무 심각하면 내가 화를 낼 수도 있으니까."

지호는 후련한 얼굴로 이마에 흐르는 땀을 소매로 훔치며 대답했다.

"너무 걱정 마세요, 형! 보시면 꽤 만족하실 거예요."

"휴."

나직이 한숨을 쉰 기철은 그 말을 조금도 신뢰하지 않는 듯 대답했다.

"난 분명히 얘기했다. 상태가 심하면 뭐라고 할지도 모른다고."

＊　　　＊　　　＊

기철은 지호를 보내고 혼자 편집실로 돌아왔다. 그는 넝마가 된 편집본을 손 볼 생각에 머리가 지끈거렸다.

'차라리 원본으로 편집을 할까…….'

일단 확인은 해봐야 했기에 동영상을 재생시켰다.

잠시 후 지호가 편집한 영상이 나오기 시작했다. 다리를 꼰 채 상체를 반쯤 틀고 앉아 있던 기철은 시간이 지날수록 자세를 고치며 화면 앞으로 다가갔다. 그리고 머지않아 그는 고개를 길게 빼고 얼굴을 내민 채, 눈동자가 튀어나올 듯 눈을 부릅떴다.

"말도 안 돼……."

기철은 자신도 모르게 말했다.

입을 쩍 벌리고 할 말을 잃었다. 불가능한 일을 접했을 때 나오는 반응이다. 가령 믿기 힘든 광경이나, 귀신을 보았을 때 지을 만한 표정이었다.

"어떻게 이럴 수 있지?"

영상은 진즉에 끝나 있었다.

머릿속은 폭풍을 맞은 듯 초토화됐다. 사고가 정지했고 혼란스러웠다. 그는 넋이 나간 듯 어지러운 기분을 쉬이 떨치지 못하고 허공만 바라봤다.

지호는 성진에게 받은 스토리보드를 지참하고 소집 장소인 한국예술대학교로 향했다.

용빈이 촬영할 장소는 서울 근교의 한 농가. 이미 주인 어르신들께 촬영 협조를 받은 상태였다.

학교에 도착하자 먼저 와 있던 지혜가 그를 반기며 말했다.

"일찍 왔네? 편집하느라 늦게 들어갔을 텐데, 좀 더 자고 오라니까."

깊은 고민에 잠긴 얼굴로 서 있던 기철이 말했다.

"어제 늦게 안 들어갔어."

"응?"

지혜가 되묻자 그가 부연했다.

"신지호가 삼십 분 안에 편집을 끝냈거든."

"아, 그래? 후후… 그럼 도와준 네가 고생했겠네. 몰라줘서 미안."

"사과할 거까진 없어. 난 아무것도 안 했으니까."

지혜의 멍한 표정을 본 기철이 물었다.

"내가 건들 것도 없이 신지호가 혼자 다했다고. 너도 못 믿겠지? 물리적으로도 불가능에 가까운 일이잖아?"

그는 고개를 돌리며 지호에게 물었다.

"내가 아무리 생각해 봐도 답이 안 나와서 말이다. 대체 뭘 어떻게 한 거야? 같은 장면을 수십 번 이상 편집해 본 사람처럼."

"네? 그냥……."

지호는 고민해 봤지만 마땅한 대답이 떠오르지 않았다.

"열심히 했죠, 뭐. 어제 옆에서 다 지켜보셨으면서 그렇게 물어보시면 제가 뭘 어떻게 대답해요? 하하."

그의 얼굴을 빤히 보고 있던 기철이 무어라 말하려던 찰나, 지혜가 끼어들었다.

"뭐가 어떻게 된 일인지는 모르겠지만… 어쨌든 잘된 거잖아? 지금 이런 걸로 실랑이할 땐 아닌 것 같은데."

그녀는 직접 본 게 아니기 때문에 기철의 마음을 백분 이해하지 못하고 말을 이었다.

"빨리 이동해야 할 거야. 차를 한 대밖에 못 구해서 왔다갔다 몇 번을 움직여야 돼."

설명을 듣고 나서야 상황 파악을 한 지호는 주위를 둘러봤다. 그러고 보니 팀원들의 표정이 좋지 않았다.

렌트한 승용차가 사람과 장비를 모두 싣기에는 비좁았던 것이다.

이런 식으로 시간이 지체되면 오늘 하루 안에 촬영을 끝낼 수 없을지도 몰랐다.

"뭐 다른 좋은 수 없을까요?"

지호가 묻자 지혜는 어깨를 으쓱였다.

"우리 모두 촬영 내내 밥을 굶고 차를 한 대 더 렌트하는
거?"

딱히 좋은 방법이 없다는 소리.

지호가 아쉬운 얼굴로 고개를 끄덕이려는 순간, 멀리서부터
우렁찬 배기음이 들려왔다. 아스팔트를 가로지르며 천천히 다
가오는 스포츠카를 발견한 웅지가 입을 쩍 벌렸다.

"우와!"

같은 곳을 보며 지혜가 물었다.

"뭐야, 이쪽으로 오는데?"

팀원들이 옹기종기 모여 있는 곳의 턱밑에 멈춘 스포츠카 문
이 열렸다. 그리고 안에서 누구도 예상치 못한 여자가 내렸다.

"휴. 내가 이럴 줄 알았지."

그녀, 유나는 선글라스를 벗으며 말했다.

"제 차에 실어요. 2인승이니까 사람은 못 날라도, 작은 장비
같은 건 나를 수 있을 거예요."

까칠한 유나가 반갑기는 또 처음이었다.

문제가 해결되자 팀원들의 얼굴에 화색이 돌았다.

마음의 여유가 생긴 웅지는 너스레를 떨기까지 했다.

"와, 차 대박. 누나 뭐예요? 말로만 듣던 청담동 며느리 뭐 그
런 콘셉트예요?"

웅지는 주섬주섬 장비를 들고 차량 근처로 갔다. 막상 장비를 실으려던 그가 스포츠카를 곁눈질하며 떨떠름하게 덧붙였다.

"그나저나, 차에 기스 나지 않을까요? 비싼 아이 다칠까 무서운데……."

"상관없어."

짤막하게 대답한 유나가 아직도 놀란 표정의 팀원들을 향해 변명처럼 둘러댔다.

"같은 과 동기 촬영이라서 온 것뿐이에요."

말은 그렇게 했지만 동기 촬영 날이라고 와서 응원할 성격의 그녀가 아니었다. 연기에 대한 열정에 불이 붙은 그녀는 타인의 촬영까지 모니터링을 하러 온 것이다.

이윽고 지호가 지혜와 기철에게 말했다.

"정말이지 별일이네요."

두 사람도 전적으로 동의하는 표정이었다.

고개를 절레절레 저은 기철이 차 키를 꺼내며 입을 열었다.

"렌트카에 실을 수 있는 장비는 최대한 실어야 돼. 장비를 각자 한두 개씩 들고 타자."

그사이 휴대폰 메시지를 확인한 지혜가 말했다.

"용빈이도 지금 출발했대! 늦지 않게 도착할 것 같으니까, 좀 더 서둘러서 움직이자."

촬영 현장 인근부터 보이는 건 죄다 논밭뿐.

소똥 냄새가 진동을 했다.

창문을 열고 킁킁거리던 지혜가 말했다.

"로케이션 헌팅(Location hunting: 야외 촬영 장소를 섭외하는 일) 제대로네? 완전 힐링되는 기분이야!"

운전대를 잡은 기철이 백미러로 뒤차를 보며 물었다.

"그나저나, 최유나는 집이 부잔가?"

그녀가 탄 자동차는 1억이 조금 안 되는 쿠페. 대학생이 자력으로 구입하긴 힘든 모델이었다.

지혜가 어깨를 으쓱이며 대답했다.

"그런 것 같은데? 하긴, 성격 봐. 보통의 평범한 애는 아니잖아."

다들 공감하는 눈치였다.

그때 웅지가 끼어들었다.

"휴, 우리 불쌍한 구해조. 가시방석이겠네요. 정말 구해달라고 소리치고 싶겠다!"

원래 유나 차에는 장비만 실으려 했지만, 이리저리 흔들리면 차량 내부가 상할 수 있었기에 해조가 장비를 들고 같은 차에 탑승하게 된 것이다.

마리도 고개를 절레절레 저으며 거들었다.

"가뜩이나 해조는 말수도 적은데… 으, 저 둘 사이 생각만

해도 어색해!"

한편 지호는 별말이 없었다.

촬영장으로 향하는 내내 가슴이 벅차고, 머릿속은 현장에서 할 일들로 가득 차 있었다.

'오늘은 어떤 장면이 나올까?'

촬영이 끝나기 전까진, 알 수 없었다.

팀원들은 머지않아 현장에 도착했다.

"어르신, 안녕하세요!"

집주인인 노부부가 촬영팀을 반겨주었다.

꾸벅 인사한 웅지, 마리, 해조는 장비를 세팅했다.

미리 도착해 있던 용빈이 인사를 건네다가 유나를 발견하고 황당한 얼굴로 물었다.

"네 차 보고 혹시나 했는데, 여긴 왜 따라온 거야?"

"알 거 없잖아? 신경 끄고 촬영이나 잘해."

톡 쏘는 성격은 여전했다.

그럼에도 용빈은 그녀가 달라졌다고 느꼈다.

'웬일로 남의 촬영지까지 굳이 따라 왔지? 그것도 이런 촌구석을.'

그는 궁금한 마음을 뒤로한 채 대본으로 눈길을 돌렸다. 촬영에 앞서 한 번이라도 더 봐야 했기 때문이다.

용빈이 혼자 대본 연습을 하는 사이.

지호는 기철, 지혜와 함께 현장을 살피며 카메라 둘 위치를 상의했다.

"집 앞마당을 와이드 숏(Wide shot: 장면 전체를 촬영하는 것)으로 설정 숏 찍고, '남자'가 걸어 나오면 될 것 같아요."

해당 장면은 오늘 찍을 씬들 중 영화상 가장 후미에 나올 예정이었다. 그러나 해가 지면 찍을 수 없는 야외 촬영이었기에 순서를 앞당긴 것이다.

고개를 끄덕인 지혜가 말했다.

"배우가 분장을 여러 번 했다, 지웠다 해야겠네."

오늘 용빈은 노인이 되었다가 중년이 된다. 특수 분장을 여러 번 받아야 하므로 고생이 심할 수밖에 없었다.

그 순간 주위를 살피던 기철이 제안했다.

"동네 꼬마들도 출연시키자."

그는 한쪽으로 고갯짓을 했다.

깔깔거리며 '얼음, 땡'을 하는 네 명의 꾀죄죄한 아이들이 눈에 들어왔다.

지호의 두 눈이 반짝였다.

"오, 좋은 생각이에요. 이웃 간의 정감도 포함시킬 수 있겠는데요?"

"오늘 촬영할 씬이 더 늘어버렸네?"

지혜가 즉석에서 볼펜을 꺼내 대충 콘티를 그려 넣었다.

그림을 본 지호가 피식 웃었다.

"누나, 생각보다 그림 잘 그리시는데요?"

"그럼! 내가 이래뵈도 우리 팀 미술감독이잖아?"

"잘 그리긴. 딱 쟤네들 수준이고만."

기철이 동네 꼬마아이들을 보며 비아냥거렸다.

말이 샛길로 새자, 지호가 상황을 정리했다.

"그럼, 나머진 촬영 들어가서 임기응변으로 해결할게요."

이후 그는 용빈에게 다가가 말했다.

"준비되셨으면 리허설해 볼까요?"

"음, 네. 그러시죠."

대답한 용빈은 불쑥 주변을 두리번거리며 물었다.

"그나저나 시나리오상에는 역할이 하나 더 있는 것 같던데…
'남자'의 부인이요."

지호는 고개를 끄덕였다.

"맞아요. 그래서 우리 스태프 중 한 명을 섭외했습니다."

그는 한쪽으로 시선을 돌렸다. 그곳에는 이미 지혜에게 특수
분장을 받고 있는 해조가 있었다.

그녀를 본 용빈은 얼굴을 살짝 붉히며 대답했다.

"갑자기 정해진 거라 좀 어색하겠군요. 크흠!"

위압감을 주는 허우대나 인상에 어울리지 않게, 의외로 싱거
운 면이 있는 사람이었다. 그런가 하면 또 연기에 몰입할 땐 다
른 사람처럼 돌변했다.

리허설을 하는 동안 용빈은 한차례의 실수도 하지 않았다.

예리한 시선으로 지켜보던 지호는 나름 판단했다.

'호흡 좋고, 발성 좋고, 시나리오에 충실한 교과서적인 연기
까지. 노력파가 틀림없어.'

속단하긴 일렀지만 재능은 부족해 보였다. 그 점이, 용빈만의 스타일을 완성시켜 주는 장점이기도 했다.

지호가 그를 보며 말했다.

"바로 들어가도 될 것 같네요. 이제 분장하고, 촬영할게요."

용빈은 고개를 끄덕이고 지혜에게로 갔다.

그는 분장을 마친 해조와 교대했다.

"우진이 형한테 말씀 많이 들었습니다, 형수님! 멋지게 부탁드려요."

"성격 좋네요."

방긋 웃은 지혜가 손을 놀리기 시작했다.

그때 카메라를 손질하는 지호를 빤히 바라보던 용빈이 입을 열었다.

"사실 처음에는 고민 많이 했습니다. 우진이 형 부탁이 아니었으면 지금 같은 결정은 못 했을 수도 있어요."

"음, 그랬겠지."

지혜가 대답하자, 그는 말을 이었다.

"솔직히 시작도 하기 전에 엎어질 줄 알았거든요. 특히 여배우 구하는 데 난항을 겪고 있다는 소식을 들었을 땐, 얼마 못 가겠구나 싶었죠. 그때까진 매일 밤 술 마시고 노느라 대본 한 번 안 들춰봤습니다."

"그랬는데?"

"으음. 그랬는데… 나이를 떠나 우리 감독님, 뚝심 있는 것 같더라고요. 진짜 놀라웠던 건 최유나가 안달 났을 때였어요.

제가 최유나를 오래 봐왔는데 왕따를 당해도 '내가 전교생을 왕따시킨다'고 말할 인간이었어요. 무슨 문제가 생기든 자신의 문제점을 절대 인정하지 않습니다. 분명 그랬었는데, 지금은 분위기가 많이 바뀐 것 같아요."

"말을 곧잘하네? 전에는 조금 무뚝뚝한 성격인 줄 알았는데."

"하핫, 제가 긴장하면 말이 많아지는 스타일이라서."

용빈은 과장되게 심호흡을 하며 물었다.

"그런데 어쩌다 함께 작업하게 된 거예요?"

"음, 가능성을 봤다고나 할까? 어느 날 학교에 찾아와 직접 프리젠테이션을 하더라고! 그 배포에 반해 버렸지 뭐야."

그 당시 상황이 떠오른 지혜가 덧붙었다.

"물론 지호가 실력도 없이 무턱대고 달려든 불나방이었다면 함께하지 않았겠지만."

용빈이 지호에게서 시선을 떼지 못한 채 고개를 끄덕였다.

"뭔가 확실히 다르긴 달라요. 제 동생보다도 어린데, 대단하다는 생각이 드니까요. 보고 있으면 막 속이 꿀렁꿀렁하고 난 뭐하고 있나 싶으면서, 열심히 살고 싶어집니다."

*   *   *

용빈이 거의 지호 추종자가 되어가고 있을 무렵.

모든 점검을 마친 지호는 분장을 받고 있는 용빈을 바라봤다. 모든 준비가 끝나가고 있었다.

잠시 후 지호가 활기차게 외쳤다.

"촬영 시작하겠습니다! 다들 준비해 주세요!"

유나 때와는 달리 촬영은 속전속결로 진행됐다.

무엇보다 용빈과 해조가 제 몫을 잘해주었기 때문이다.

동네 아이들이 함께 등장하는 장면에서 몇 번 엔지가 발생했을 뿐, 그 외에는 거칠 것 없이 순항했다.

한 시간 정도 촬영이 진행됐을 때, 지호가 말했다.

"오늘은 생각보다 빨리 찍었는데요? 식사는 간단한 도시락으로 주문했습니다. 편히 쉬다가 한 시간 후에 다시 모일게요!"

모두가 밝은 표정이었다.

한편, 팀원들의 모습을 보던 유나는 한 가지 새로운 사실을 깨달았다.

'팀워크가 이렇게나 중요한 거였어?'

자신과 일을 할 땐 스태프들의 표정이 좋지 못했다. 그런데 오늘 현장은 즐거움이 넘쳤다.

그 순간, 곁에서 카메라의 삼각대를 접던 지호가 말을 걸어왔다.

"너무 신경 쓰지 마세요. 그때보다 스태프들 컨디션도 좋고, 연기 자체도 단조로워서 금방금방 끝났을 뿐이니까."

유나는 놀란 눈빛으로 그를 바라봤다.

"설마 들렸어요?"

피식 웃은 지호는 대수롭지 않게 답했다.

"누나 얼굴에 쓰여 있는데요, 뭘."

그때 거대하고 화려한 외제차 한 대가 조용한 배기음과 함께 비포장도로의 흙바닥을 즈려밟으며 등장했다.

비교적 차에 관심이 많은 웅지가 입을 떡 벌렸다.

"헐! 롤x로이스?"

다들 놀란 표정이 역력했지만, 유나만큼은 굳은 표정으로 서 있었다.

그녀의 변화를 놓치지 않은 지호가 몸을 일으키며 물었다.

"아는 분이에요?"

유나는 고개를 끄덕였다.

"우리 아빠 같네요."

대답한 그녀가 입술을 지그시 깨물며 혼잣말로 중얼거렸다.

"근데 왜 여길……."

*　　　　*　　　　*

외제차 뒷좌석에서 멋스럽게 차려입은 노인이 내렸다.

"음, 다행히 제대로 찾아왔구먼."

그는 두리번거리다 유나를 향해 두 팔을 활짝 벌렸다.

"우리 공주님! 촬영은 잘 돼가니?"

유나가 이마를 짚고 고개를 흔들었다.

노인은 머쓱하게 팔을 내리며 다른 팀원들을 보았다. 그는 유나와는 상반되게 기분이 매우 들뜬 상태였다.

"수고들 하시는구먼. 난 유나 애비 되는 사람입니다."

"아, 안녕하세요!"

팀원들이 떨떠름하게 인사를 건넸다.

노인은 고개를 끄덕이며 호탕하게 말했다.

"다들 시장하실까 봐 오는 길에 요깃거리 좀 사왔어요. 미스터 윤!"

'미스터 윤'이라고 불린 운전기사가 전동 트렁크 안에서 고급스러운 포장의 도시락을 양손에 가득 꺼내들었다. 장어덮밥, 초밥 등 간편하게 먹을 수 있는 음식들이었다.

스태프들이 황급히 운전기사 윤을 거들었다.

함께 도시락 봉투를 넘겨받은 지호가 말했다.

"아버님, 감사합니다."

노인은 그를 유심히 보더니 무릎을 탁 쳤다.

"말로만 듣던 그 감독님이시구먼?"

"네?"

"나도 울린 적 없는 우리 딸을 울렸던데."

지호가 움찔하자, 노인이 껄껄 웃음을 터뜨렸다.

"농담이에요! 하하핫. 우리 감독님 덕분에 우리 애가 무지 밝아졌어요. 기특하게도 매일 땀까지 흘려가며 안 하던 연기 연습을 하지 뭡니까?"

"아, 정말 그런가요?"

지호는 어색하게 추임새를 맞추며 속으로 생각했다.

'정말 기운 넘치는 아저씨네.'

아니, 할아버지라고 해야 할까?

유나는 늦둥이 외동딸이었다.

"아빠, 이제 그만 좀 가요."

그녀가 등을 떠밀자, 노인은 또다시 껄껄 웃었다. 애지중지
하는 딸에게 쫓겨나는 사람답지 않게 시종일관 유쾌했다. 그는
손목시계를 확인하며 대답했다.

"안 그래도 지금 막 일어나려고 했다. 우리 딸이 제발 좀 가
라고 아우성이니, 얼른 다음 미팅 장소로 떠나야겠구먼!"

그러고는 지호 쪽으로 고개를 돌렸다.

"우리 딸 앞으로도 잘 부탁합니다. 그나저나 감독님이 엄청
어려 뵈는 데다, 아주 잘생겼어요. 우리 회사의 엘레강스한 녀
석들도 울고 가겠어……. 참, 미스터 윤?"

눈치 빠른 윤이 양복 안주머니에서 명함 한 장을 꺼냈다.

"저희 회장님 명함입니다."

"아! 네."

지호가 얼떨결에 명함을 건네받았다.

'CYN 엔터테인먼트 대표이사 최태식'이라는 직함과 이름이
나란히 인쇄돼 있었다.

'CYN 엔터라면…….'

국내 가요계를 주무르는 굴지의 대형 기획사였다. 근래에는
아이돌들의 연기 전향을 포함해 신인 연기자 양성까지 손을
대고 있는 곳이다.

이내 노인이 지호에게만 조용히 속삭이며 이별을 고했다.

"도움이 필요하면 언제든 내게 연락해요. 그리고 시간 나면 우리 사옥도 한번 놀러오고. 그럼, 다음에 또 만납시다."

그가 고상하게 웃으며 차에 올라타자 운전석에 앉아 있던 윤은 시동을 걸고 차를 출발시켰다.

웅지는 입을 다물지 못한 채 감탄했다.

"와, 진짜 유나 누나 아버님 대박! 간지 끝장 난다!"

"쳇. 끝장은 무슨."

마리가 입술을 삐죽였다.

웅지는 게슴츠레한 눈으로 그녀를 바라봤다.

"야, 김마리. 그럴 거면 넌 초밥 먹지 말든가. 질투하냐? 질투도 어느 정도 잽이 돼야 하는 거지, 너랑 유나 누난 외모로 보나 재력으로 보나 클래스가 다르잖아!"

"됐거든? 참나, 너랑 우리 지호 수준 차이는 어쩔 건데?"

말은 그렇게 하면서도 마리는 초밥을 입안에 밀어 넣고 있었다.

한편, 저 멀리서 분장을 지우던 용빈은 반쯤 넋이 나가 있었다. 뒤통수를 망치로 한 대 맞은 얼굴이었다.

"CYN 엔터테인먼트의 CYN이, 최유나 이름의 약자였어?"

기획사를 전전하며 프로필을 돌리고 오디션을 찾아다니면서도 자신이 유나에게 막 대했던 순간들이 새록새록 떠올랐다.

그때마다, 유나는 경고했었다.

'나한테 이러면 후회할 텐데?'

용빈은 자신의 머리카락을 쥐어뜯었다.

"누나, 아무래도 제가 제 무덤을 판 것 같아요."

바로 앞에서, 지혜가 분장을 지워주고 있었다.

"아우, 가만히 좀 있어봐."

그녀는 말을 이었다.

"그냥 좋게 생각해."

"네? 이 상황에서 어떻게……."

용빈의 말을 자르며 지혜가 단언했다.

"남자 친구 얘기 들어보니까, 다른 애들이랑은 학교에서 아예 말도 잘 안 한다던데 뭘. 유나 성격이 좀 까칠하니? 대충 배경을 알고 있으니 동기들도 함부로 못 했을 거 아니야? 그러니 아예 피해 버렸겠지."

그녀의 말에 동감한 용빈은 고개를 주억거렸다.

"음, 듣고 보니 그러네요! 한 번 대화하고 나면 속이 뒤집히지만, 그래도 저랑은 말이라도 섞으니까요."

　　　*　　　　*　　　　*

지호는 주문했던 도시락을 취소시켰다.

전화를 끊자, 유나가 다가와 말했다.

"미안해요."

"뭐가요?"

"아까 보니까 우리 아빠가 뭐라고 하는 것 같던데……."

"아! 아니에요. 좋은 말씀해 주셨어요."

"흐음. 그래요?"

유나는 미심쩍은 얼굴이었지만 더 이상 캐묻지 않았다.

그녀는 지호의 옆에 앉으며 초밥통과 젓가락을 펼쳐 놨다. 어느새 지호 몫까지 챙긴 것이다.

보고 있던 기철은 내심 서운했다.

'내 건 없군.'

그는 자신의 도시락을 가지러 가려고 일어났다.

그 순간, 불길한 징조가 일어났다.

후두둑!

갑작스럽게 굵은 빗방울이 떨어지기 시작한 것이다.

동시에 모든 이들의 표정이 딱딱하게 굳어버렸다. 그들은 밥 먹던 걸 일제히 멈췄다.

"이런……."

비를 피할 생각도 안하고, 지호가 중얼거렸다.

도시락을 가지러 가던 기철이 한쪽에서 외쳤다.

"장비부터 챙겨!"

차가운 빗방울을 맞으며 장비를 챙긴 팀원들이 하나둘 처마 밑으로 피신하고 있었다.

유나도 자리에서 일어나며 지호에게 말했다.

"이리 와요. 어차피 소나기예요!"

그때서야 지호는 고개를 끄덕이며 처마 밑으로 움직였다. 팀원들은 각자 따로 서서 하염없이 내리는 빗줄기를 바라봤다.

"큰일이네요. 야외촬영은……."

유나는 지호의 굳은 얼굴을 살피며 말을 멈췄다. 하지만 잠시 후, 그녀가 다시 입을 열었다.

"저… 마지막 병원 씬, 오늘 촬영하는 게 어때요? 어차피 내일까진 주말이잖아요. 마침 우리가 다 모여에 있고 비도 오고… 이왕 이렇게 된 거, 촬영 일정을 변경해서 실내에서 촬영 가능한 씬부터 찍어버리죠?"

아무 계획도 없이 무작정 던진 제안이었지만, 지호는 유나의 말을 무시하지 못했다.

'어쩌면 가능할지도.'

멈춰 있던 두뇌가 빠르게 돌기 시작했다.

"혹시 촬영 장소는 어떻게 할지 생각해 봤어요?"

"아!"

유나는 고개를 저었다.

"아뇨… 그러고 보니 촬영할 병원이 없네요."

지호는 고개를 끄덕였지만 포기하지 않았다.

어차피 병원 협조를 구하는 데 난항을 겪고 있었다. 웬만한 곳은 다 찔러봤지만 모두 퇴짜를 맞은 것이다. 더군다나 앞으로도 상황이 나아질 것 같진 않았다.

'그렇다면 세트를 직접 만들면 어떨까?'

오늘 안에 세트를 만들고 촬영까지 끝낸다?

시간만 날리는 도박이 될 수도 있지만.

'못할 것도 없지.'

고민을 끝낸 마친 지호는 씩 웃었다.

"아주 좋은 의견인데요?"

그는 빗소리에 묻히지 않고 모든 팀원들이 들을 수 있도록 크게 외쳤다.

"편하게 식사하시면서 말씀해 주세요! 내일까지 주말인데 따로 일정 있는 분, 계신가요?"

다들 고개를 젓거나 없다고 답했다.

확인한 지호가 이어 물었다.

"그럼 집주인 어르신들께 허락을 구한 다음, 병실 세트를 만들어서 철야로 촬영하는 건 어떨까요? 아예 내일 아침까지 남은 촬영을 모두 끝내 버리는 거죠."

"세트장을 만들자고?"

황당한 소리에, 기철이 질문했다.

"우리 중에 인테리어 기술자라도 있나?"

주변이 조용해지려던 찰나 지호가 대답했다.

"인테리어 기술자는 없지만 촬영 기술자는 있잖아요."

"뭐?"

그때, 지혜가 끼어들었다.

"아니, 가능할 것 같은데?"

"이지혜. 넌 또 왜 그래?"

기철이 묻자 지혜가 말을 이었다.

"흰 천이나 침대보, 벽지 등만 구하면 못할 것도 없지. 실내를 병실처럼 꾸민 다음 창밖을 환한 조명으로 밝히고, 전체적으로 하얀 느낌을 조성하면 돼. 혼수상태처럼 흐릿하고 몽롱하게 노출 과다(Overexpose: 화면을 아주 밝고 선명하지 않게 표현하는 것)를 주는 거야."

"바로 그거예요! 조명을 이용하면 충분히 날씨의 영향을 안 받을 수 있어요. 더구나 감정은 클로즈업해서 보여주니까 세트를 급조한 티도 안 날 거예요. 엔딩 씬이니까, 마지막 장면답게 노출 과다에 페이드(Fade: 영상이 천천히 사라지거나 나타나게 만드는 것)를 주면서 끝내는 거죠."

말은 그럴싸했다.

다들 고개를 끄덕였다.

그러나 기철만은 여전히 미간을 찌푸리고 있었다.

"조명이나 카메라 기술, 뭐 하나만 부족해도 허사가 될 거야. 애써 세트까지 만들어 놓고 공칠 수도 있단 소리야. 그래도 시도해 볼 건가?"

지호가 흥분한 표정으로 고개를 끄덕였다.

"네! 해보고 싶어요."

"후, 그럼 해봐야지."

나직이 한숨을 쉰 기철이 말했다.

"카메라 잡는 신지호랑 조명 잡는 정웅지, 그리고 출연 배우 둘은 직접적으로 촬영해야 되니까 밥 다 먹고 철야 촬영에 대비해서 잠을 잔다거나, 컨디션 조절 좀 하고 있어. 나머지 두 사람은 나랑 시내 나가서 세트 만들 소품 사온다."

그 속에는 지혜만 쏙 빠져 있었다.

"그럼 난?"

그녀가 묻자 기철이 대답했다.

"넌 어르신들 설득이나 하고 있어."

빙그레 웃은 지호가 지혜에게 말했다.

"서울에 자녀분들이 있는데 모두 시집장가 가서, 보고 싶어도 자주 만나지 못하신다더라고요."

"그런 대화는 또 언제 나눴대?"

혀를 내두른 지혜가 되물었다.

"그럼 우리가 자녀분들을 대신해서 어르신들께 뭐라도 해드릴 게 없을까? 그냥 부탁하긴 너무 죄송하잖아. 촬영 중에 소란스러워서 주무시지도 못할 텐데……."

지호가 미소를 머금으며 고개를 끄덕였다.

"걱정 마세요. 제가 생각해둔 게 있어요. 어르신들께서 저한테 자제 분들 자랑을 하시면서 요새는 자식들에게 점점 짐이 되는 심정이시라고… 그렇게 말씀하셨어요. 그 마음을 우리 작품에 담아 보는 건 어떨까요?"

"흠, 어떻게?"

"우리 영화의 취지가 어르신들의 마음과도 일치하잖아요. 치열하길 강요받는 현대인의 지친 삶. 그런 자식 세대를 바라보며 그저 자식이 행복하기만을 바라는 부모의 심정. 그러니까, 엔딩크레딧에 인터뷰로 된 쿠키 영상을 통해 자제 분들께 전해 드리는 거죠."

지호가 말을 이었다.

"'너무 부담 갖지 말거라. 시간 날 때 얼굴 한 번 비추면 그것만으로 충분하다. 그저 너희가 행복하길 바란다.' 우리 영화가 지금 세상을 살아가는 젊은이들에게 전하고 싶은 말이잖아요."

*　　　*　　　*

지혜는 어르신들을 설득한 후에도 고생을 자처했다.

"어차피 난 활동량이 많지 않으니까 세트 제작팀을 돕고 나서 촬영팀으로 중간에 옮겨갈게."

따라서 동선이 두 개로 갈렸다.

세트 제작팀이 재료를 구비하려고 떠난 동안, 남은 촬영팀은 눈을 붙이며 철야 촬영에 대비했다.

세트 설치에 들어간 것이 오후 네 시.

오후 일곱 시가 되어서야 세트 설치가 모두 끝났다.

그때쯤, 각자 흩어져서 쪽잠을 잤던 촬영팀이 합류했다.

지호는 번듯하게 완성된 촬영 세트를 보며 깜짝 놀랐다. 세세하게 들어가면 어색했지만, 얼핏 보면 병실을 그대로 옮겨둔 것처럼 보였다.

"와, 진짜 고생하셨어요."

그가 말하자 웅지, 용빈, 유나도 한마디씩 거들었다.

"역시 기철이 형 최고! 수고하셨습니다!"

"우리 학교에 대한 자부심이 마구마구 샘솟네요. 역시 한예대 연출과!"

"…뭐, 제법 그럴싸하네요."

세트 제작팀은 대답할 기운도 없어보였다.

빙그레 웃은 지호가 말했다.

"촬영은 저녁 먹고 바로 시작할게요."

저녁은 라면이었다.

밥상이 차려지고 와자지껄 식사를 하는 동안에도, 용빈과 유나는 대본을 손에서 놓지 않았다. 오죽하면 견원지간(犬猿之間)이었던 두 사람이 틈만 나면 진지한 표정으로 연기 호흡을 맞췄다.

그들을 보며 지혜가 말했다.

"더는 걱정할 거 없겠는데?"

"네. 누나가 보기에도 그래 보여요?"

지호는 흡족하게 웃었다.

두 배우가 이번 촬영을 통해 조금이나마 성장했다는 사실이 그를 뿌듯하게 만들었다.

표정을 보던 지혜가 피식 웃었다.

"넌 천생 감독할 팔자인가 보다."

그녀는 말을 이었다.

"네가 유나를 깊게 들여다본 덕분이야. 유나는 가시를 품은 예쁜 꽃이라 다루기 어려웠을 텐데 말이지… 네가 정말 잘해줬어."

같은 상에서 밥을 먹던 기철 역시, 그 부분에 대해서만큼은 깔끔하게 인정했다.

"감독에게 문젯거리란 양날의 칼이다. 자칫하면 아군을 해칠 수도 있지만, 모두를 하나로 똘똘 뭉치게 할 수도 있지. 짐작하고 있을 진 모르겠지만, 배우와 스태프들은 감독의 역량을 끊임없이 평가해. 그리고 네가 문젯거리를 하나씩 해결해 나갈 때마다 조금씩 신뢰가 쌓일 거고. 이건 어떤 현장을 가든 마찬가지일 거야."

여태껏 그가 대학에서 쌓아둔 경험은 헛되지 않았다.

무뚝뚝한 기철에게 인정받은 지호는 기분 좋게 답했다.

"감사해요, 형."

＊　　　　＊　　　　＊

저녁 식사를 마친 뒤 촬영이 시작됐다.

용빈과 유나의 연기력은 상당히 안정적이었다.

지호가 구사하는 촬영 기법은 여전히 기발했다.

그리고 조명을 맡은 웅지가 훌륭하게 보조해 주었다.

그 덕분에, 병원 씬 실내촬영은 생각보다 만족한 형태로 끝이 났다.

촬영을 마친 팀원들은 모두 모여 모니터링을 했다.

그로테스크한 분위기 속에서 건강을 해쳐가며 스펙을 쌓던 1부 '그 여자'의 주인공 유나가 병실에 누워 있다.

그때, 소박하지만 행복한 삶을 살아가던 중 딸을 서울로 상경시켰던 2부 '그 남자'의 주인공 용빈이 병실 문을 열고 들어선다.

3부 '완벽한 인생'은 상반된 삶을 살았던 아버지가 죽음을 앞둔 자신의 딸을 보며 하염없이 눈물을 쏟아내는 장면이었다. 그리고 방금 촬영한 장면이 바로 3부, '완벽한 인생'이었다.

이 장면은 가난했지만 부대껴 살았던 전 세대가, 개인주의가 팽배하고 치열한 경쟁 속에 지쳐 메말라가는 젊은이들에게 보내는 메시지다. 비록 과거와 현재의 명암(明暗: 밝고 어두움)을 극적으로 대조시키긴 했지만, 뚜렷한 의미를 담고 있었다.

"와, 시나리오도 끝장이었는데……."

지혜가 볼이 빨개져서 절로 감탄했다.

"카메라 다루는 솜씨까지 죄다 끝장이네. 우리 학교에 바로 입학해도 되겠어."

기철은 고개를 저었다.

"카메라 워킹이나 위치 선정 같은, 테크닉적인 부분은 나보다도 한 수 위야. 감각적인 면이 천재적인 건 말할 것도 없고."

그 말에 지혜는 깜짝 놀랐다.

기철의 카메라 다루는 실력은 전 학년을 통틀어도 다섯 손가락 안에 들었기 때문이다.

오죽하면 별명도 '에이스'. 선배들이 작품을 할 때마다 매번 불려 다녔었다. 더군다나 칭찬에 인색한 기철이 이런 극찬을 하다니.

지혜가 짓궂게 놀려댔다.

"얼마 전까진 밀당하더니?"

대답할 말이 없어진 기철은 자리를 피해 버렸다.

말이 철야 촬영이지 생각보다 순조로웠다.

몇몇은 차 안에서 잤고, 또 몇몇은 주방과 마루에서 엉켜 잤다. 그 즈음 빗소리가 멎었다.

피곤했던 팀원들은 불편한 환경에도 불구하고 알람음이 울릴 때까지 쭉 곯아떨어졌다.

따르르릉— 따르르릉—!

삐약— 삐약— 삐약— 삐약—!

일어나! 일어나! 일어나!

새벽녘, 각자의 이어폰에서 알람음이 울렸다. 어르신들이 깨면 안됐기 때문에 모두들 이어폰을 끼고 잔 것이다.

이내 알람을 맞춰 뒀던 지호도 눈을 번쩍 뜨고 이어폰을 제거했다. 그는 웅지, 마리, 해조를 깨웠다.

남녀 할 것 없이 서로 부둥켜안고 자던 웅지, 마리가 비명을 지르려다 말고 입을 틀어막았다.

"이런 젠장! 이게 무슨 짓이야?"

웅지가 목소리를 낮춘 채 외쳤다.

마리는 혐오스럽다는 표정으로 그를 밀쳐냈다.

"안 꺼져? 아, 죽여 버려. 진짜!"

일어나자마자 티격태격하는 두 사람을 보며 피식 웃은 지호는 먼저 방문을 열고 나갔다.

배우들과 스태프들이 어딘가에서 나타나 삼삼오오 모여들었다. 아직 새벽녘이었기에 그들의 걸음걸이나 몰골은 마치 좀비 같았다.

아침잠이 없는 지호나, 지혜만 활기가 있었다.

"지금으로부터 한 시간 후에 다시 모여서 촬영 시작하겠습니다."

지호는 시간을 넉넉히 주었다.

스태프들은 대충 세수와 양치만 하면 됐지만, 배우들은 다시 특수 분장까지 받아야만 했다.

일련의 과정이 모두 끝나고 마지막 촬영이 시작됐다.

'남자' 역할의 용빈이 딸을 떠나보내는 장면이었다.

딸의 모습은 뒷모습만 보여주고, 용빈을 스핀룩(Spin look: 주인공 주변을 회전하며 촬영하는 것)으로 찍었다. 인물이 본 것이 무엇인지 순간적으로 확인한 뒤 여러 각도에서 인물을 보여줄 수 있는 기법을 쓴 것이다.

여기서, 기철과 지혜는 충격을 받았다. 웅지, 마리, 해조 또한 이번에는 놀라움을 금치 못했다.

지호가 카메라 트랙(Camera track: 촬영을 위해 설치하는 레일)도 없이 스핀 룩 촬영을 직접 성공시킨 것이다.

"…말도 안 돼."

지혜가 말했고, 기철은 고개를 저었다.

*   *   *

촬영이 끝나자 팀원들 전부 그대로 해산했다. 쪽잠을 잔 데다 씻지도 못해 몰골이 말이 아니었다. 다들 서로 수고했다는 말만 남기고 많은 대화를 나누진 않았다.

촬영이 끝나서 마음이 편한 반면 아쉽기도 했다.

하지만 지호는 이제 시작이었다.

"휴, 그럼 시작할게요."

그는 깍지를 끼고 손을 푼 뒤 편집을 했다. 또다시 신 내린 듯한 움직임이 발휘됐다.

기철은 편집실 문을 굳게 잠근 후 지호의 곁에 앉아 휙휙 넘어가는 화면을 뚫어져라 바라봤다.

'다시 봐도 괴물 같군.'

다섯 시간에 이르는 분량을 십 분 내외로 자르는 데 걸린 시간은 고작 두 시간. 원본을 한차례 재생시키는 것보다도 적은 시간이었다.

'스킵하듯이 휙 넘기는데 가장 잘 나왔던 장면을 찾아낸다. 이건……'

기철은 순간적으로 말도 안 되는 생각을 했다.

'설마 테이크 넘버 각자를 다 기억하고 있는 건가?'

그는 바로 고개를 저었다.

'에이, 그럴 리가 없지.'

사람의 기억력으로는 불가능한 일이었다.

하지만 지호에게는 자신만이 자유자재로 사용할 수 있는 '섬광 기억'이란 능력이 있었다.

그는 촬영 내내 NG 컷이든 OK 컷이든, 장면들을 모조리 이미지화시켜서 기억해 둔 상태였다.

기철은 지호를 빤히 바라보았다.

지호는 무슨 생각을 하는지, 의미심장한 웃음만을 머금고 있었다.

그를 빤히 바라보던 기철이 물었다.

"뭐야, 왜 갑자기 그렇게 웃어?"

지호는 두 눈을 반짝이며 대답했다.

"이 작품을 보여줄 사람이 있거든요."

『기적의 연출』 2권에 계속…

이모탈 퓨전 판타지 소설
FUSION FANTASTIC STORY

용병들의 대지
Road of Mercenaries

이 세계엔 3개의 성역이 존재한다.
기사들의 성역, 에퀘스.
마법사들의 성역, 바벨의 탑.
그리고… 그들의 끊임없는 견제 속에 탄생하지 못한

『용병들의 대지』

전쟁터의 가장 밑을 뒹굴던 하급 용병 아론은
이차원의 자신을 살해하고 최강을 노릴 힘을 가지게 된다.

그의 앞으로 찾아온 새로운 인생!
아론은 전설로만 전해지던
용병들의 대지를 실현시킬 수 있을 것인가!

Book Publishing CHUNGEORAM

FUSION FANTASTIC STORY

텀블러 장편소설

현대 천마록

천하를 호령하고 전 무림을 통합한
일월신교의 교주 천하랑.
사람들은 그를 천마, 혹은 혈마대제라고 불렀다.

『현대 천마록』

무공의 끝은 불로불사가 되는 것이라 생각했지만
그로서도 자연의 섭리 앞에선 어쩔 수 없었다!

'그렇게 많은 피를 흘렸음에도 불구하고
죽을 때가 되니 남는 것이 없군그래.'

거듭된 고련 끝에 천하랑의 영혼이
존재하지 않게 된 그 순간
그의 영혼은 현세에서 천마로서 눈을 뜬다!

Book Publishing CHUNGEORAM

유행이 아닌 자유추구 -
WWW.chungeoram.com